福も来た

パンとスープとネコ日和

群 ようこ

ハルキ文庫

角川春樹事務所

福も来た

パンとスープとネコ日和

1

アキコの朝は母とたろの写真の前に、水と御飯を置くことからはじまる。母にはお米の御飯、たろはお気に入りのドライフードと、かつおのおやつだ。母の写真はタンスの上、たろの骨箱と写真はそれよりも低いチェストの上と、いちおう差はつけているのだが、ついたろのほうから先に水や御飯をあげてしまう。おまけに母親の写真は一枚なのに、たろの写真はのんびりと横になっているもの、アップ、あくびをしている横顔と、三枚も置いている。たろのほうには、自分でもばかではないかと思うけれど、毎回、

「たろちゃん、元気？」

と声をかける。写真の中の、のんびりと横になっているたろを見ると、

「うん、元気だよ」

という声が聞こえたような気がする。すると、ああよかったとほっとして、今日も仕事にがんばろうという気になるのだ。一方、母親のほうには黙って手を合わせるだけ。時折、

「ごめんね」

と小声であやまっている。

店にいるときは絶対にそうはならないけれど、家にいても閉店後に外を散歩していても、ふとたろを思い出しては涙が出た。ネコの気配がすると、つい、

「たろちゃん」

と声をかけ、そんな自分にばかだなと苦笑した。なかには、声をかけられて振り返り、

「おれ、たろじゃないけどよ。なんだよ」

というような表情でじっとアキコを見ている子もいて、そんなときアキコは泣きながら笑っていた。

まだアキコがこの店を出して何年も経《た》っているわけではないのに、商店街の変化はすさまじかった。経営者が亡くなったり、店が維持できなくなると、すぐに店舗の工事がはじまった。いちばん多いときでは、五軒も改装に入っていて、そのうちの三軒が携帯ショップ、二軒は居酒屋になった。とにかく商店街の店をシャッターが閉まったままにはしたくないので、商店街の店主が集まって作っている会でも、店の権利を持っている人に、

「どうするの、次、どうするの」

とせっついて結論を迫るらしい。その話は朝、店の前を掃除しているときに、顔を合わせた喫茶店のママから聞いた。

「うちも改装する前、ずっとシャッターを閉めたままで、それでママさんにも叱《しか》られたし。

今でも夜は閉めているでしょう。商店会からは何もいわれてないけれど、迷惑なんでしょうか」

「それはないだろうけど、お母さんのおかげじゃないの。カヨさんの店は特別だったのよ。形は変わっても娘が店を引き継いでくれたから、うるさいおじさんたちも、何もいえないんじゃない」

「すみません……」

アキコは小声であやまった。

「あやまることはないわよ。カヨさんはあちらの世界に引っ越されちゃったんだし、アキちゃんは自分の好きなようにやればいいのよ。そこまで他人は口を出せないからね。でも不景気だから、商店街のほうでも必死なんじゃないの。あ、そうそう、パンジーさんもやめるんだってね」

パンジーさんていったい誰だろうとアキコが首をかしげていると、

「ほら、あそこの、いっとき店の前で着物の古着を売ったり、持ち込みの手作り品を売ったりしてたでしょ。やっぱりうまくいかなかったんだねえ。店の権利は売っちゃったらしいわ」

「そうですか。売っている商品が頻繁に変わってはいましたけど」

「流行《はや》り物があるとすぐとびついてたね。ああなっちゃうと、断末魔の叫びっていうのかな、もう腹の据わった商売はできないよね」

　ピンク地に銀色のラインが入ったジャージーの上下に、ワイン色のスニーカーを履いたママは、腕組みをしながらうなずいた。以前は店に出るのと同じ、派手なワンピース姿にハイヒールで通っていたが、最近は、

「さすがにこの格好はきつくなった」

　といって、楽な通勤着に変えていた。店に入って着替えたとたん、気持ちが切り替わるので、そちらのほうがよいともいっていた。ジャージーであっても、早朝なのにしっかりこってり化粧をし、真っ赤な口紅をひいている顔を見て、アキコは驚きつつ、立派だなあと思ったりもした。

「アキちゃんの店も、お客さんがたくさん来てくれてよかったわよ。せっかく店を開いて、閑古鳥が鳴き続けているんじゃねえ。正直いって殿様商売っていうか、お嬢ちゃん商売だったから、この先、どうなることかと思ってたけどさ」

「はい、どうにか。ありがとうございます、ママさんにもいろいろ教えていただいて」

　とアキコは頭を下げた。

「あの体つきがしっかりした女の子も、よく働いてるね。いい子が見つかったわよ。今はさ、いい働き手を見つけるのがいちばん大変だから。うちに来るお客さんたちも、みなそういってるわよ」

「本当にしまちゃんには助けられてます。あの人がいなかったら、私は店を続けられなかったです」

「番頭がしっかりしていれば、店は何とかなるからね。うちも頭が痛いのよ。アルバイトのお嬢さん、お客さんとできちゃって。いちばんやっちゃいけないっていうことを、やってくれちゃって。口を酸っぱくしていったんだけど、だめだねえ。どうせ付き合うんなら、お客さん全員とうまくやれって指導したのに。そういうテクニックはないんだよねえ」

　ママは顔をしかめた。

「だってあんなに美人だし、まだ若いから」

「客商売、特に水商売は信用第一だからね。お客さんは見てないようでよく見てるから。ただコーヒーや紅茶を飲みにきてるだけじゃないのよ。怖いよ。あ、準備しなくちゃ。じゃあね」

　ママさんはいつものように、いいたいことをいって、あわてて店に入っていった。

「失礼します」

　アキコは頭を下げて店の前を掃いた。掃いても掃いても、風に吹かれてフライヤーや紙コップやストローが転がってくる。若者が集まる商店街は活気があるかもしれないが、いつまでたっても彼らのマナーがなっていないのに頭が痛い。営業している店の前に、空の紙コップを捨てる度胸はないだろうから、夜は閉めているうちの店の前には、投げ捨ても平気だと思っているのだろう。何往復も店の前を掃いてやっとアキコが満足できるくらいのきれいさにはなった。

店内ではしまちゃんが仕込みの準備をしてくれている。何もいわなくても必要な品々をすべて並べて準備万端になっている。それを褒めると、彼女は、

「バッティング・ピッチャーだけじゃなくて、学校に入ってすぐは、用具係をやらされたので、そのへんは大丈夫です」

と照れくさそうにいった。

「そうか。公式試合には出られなかったけど、そのときの部活が今役に立ってるわけね」

「はい」

しまちゃんは小さくうなずいた。

彼女は店にやってきたときと変わらず、いつまでたっても初々しい。アキコが会社に勤めているとき、新入社員のなかには、最初は初々しくても、慣れてくるとだんだん、所属している部署の主なのではといいたくなるほど、態度がでかくなる女性がいたけれど、しまちゃんは正反対だった。マニュアルに従っただけの、心のないスマイル過剰の接客よりも、アキコはとてもそれが好ましかった。高い声を出したり、無理やり口角を上げて作ったとしても、わかる人にはそれがわかる。そんな嘘《うそ》の応対よりも、もっと控えめで心のなかから「ありがとうございます」と伝える手立てだってあるはずなのだ。過剰な笑顔に慣

れた人、それが好きな人には物足りないのかもしれないけれど。

　掃除用のゴム手袋を取り、念入りに手を洗った後、アキコがスープの基になるブロス仕込みをはじめたとたん、厨房《ちゅうぼう》の中の空気がぎゅっと凝縮した雰囲気になる。空気の流れが全部寸胴鍋に渦巻き状になって突っ込んでいくという感じ。ほぼ毎日作っているのに、アキコは毎回、緊張する。他人様《ひとさま》にお出しする料理は、いくらシンプルなものであっても、家庭料理とは違うので、野菜の切り方ひとつにしても、アキコの感覚でいうと、「すっ」としていなくてはならない。他の人にはわからないけれど、アキコの気持ちとしては、気分よく下ごしらえができた日もあるし、そうではない日もある。きっとたろが亡くなった直後は、野菜の切り方も乱れていたのではないかと思う。しかししまちゃんは、

「いい音ですね。まな板の上で野菜を切る音って。ちゃんとリズムが整っていて、その音でダンスが踊れそうですよ」

　という。

「えーっ、そうなのかなあ。考えてもみなかった」

「横で聞いているととても心地いいです」

「それはうれしいけど、ときどき乱れてるかもね」

「そんなことないですよ。私が聞いている限りは、いつも同じで、心地いいです」

「そういえば、『ノンちゃん雲にのる』っていう本に、お母さんが台所でお味噌汁《みそしる》用の大

根を切っている音で目が覚めるっていうのがあったわね」

「ああ、昔読んだことあります。私、運動ばっかりやってたんで、教科書もろくに読んでないんですけど、その本は読書感想文を書かなくちゃいけなかったので読みました。でもそういった場面があったかどうかは……、忘れちゃいました」

隣で体を縮めているしまちゃんを見ながら、アキコは、ふふふと笑った。

「本は読まないより読んだほうがいいとは思うけど、読まなくてもしまちゃんは、こんなに素敵な人になったのだから、それでいいのよ」

そのとたん、しまちゃんはぱーっと耳まで真っ赤になって、

「そ、そんなことないです、そんなことないです」

と右手を振りながら後ずさりをし、がんっと棚に目一杯後頭部をぶつけた。

「す、すみません。痛たたた、本当に、すみません」

しまちゃんは真っ赤な顔のまま、左手で後頭部をさすりながら、何度も頭を下げた。

「大丈夫？」

アキコが笑いながらスープの仕込みを続けていると、しまちゃんは、

「本当に役立たずですみません」

と頭を下げる。

「役立たずなわけないでしょ。そうだったらすぐにここから追いだしてるわよ」

しまちゃんは黙っていた。後頭部を棚に強打したダメージでもあったのかしらと驚いて顔を見ると、じっとアキコの顔を見ていた。

「どうしたの」

「いえ……」

きっとソフトボール部に在籍しているときは、監督の前でそのような姿で立っていたに違いない直立不動だった。

「そういっていただけるとうれしいです。ありがとうございます」

今度は試合終了のときの最敬礼である。

「私は運動ばかりやってきて、それで高校にも入れてもらったのに、結局は何の役にも立たなかったです。だから……、うーん、自分には敗北感っていうんですか、負けた感しかなくて」

「でもバッティング・ピッチャーや、用具係として、みんなの役に立っていたじゃないの」

「それはそうなんですけれど。でも、それって私じゃなくても誰でもできたんじゃないかって……。正直いって高校の三年間で、私の人生は終わったような気が、ずっとしていたんです」

しまちゃんはリネンのクロスを手にして、両手でソフトボールをこねるようにして、グラスを拭《ふ》きはじめた。

「そんなことないわよ、スポーツをやってると、勝ち負けがいつも頭にあるかもしれないけど、人生は勝ち負けじゃないからね。勝ち続けなくちゃ嫌な性分の人とか、常に勝つことが仕事になっている人って、辛いと思うわよ。負けるが勝ちっていう言葉もあるしね。しまちゃんはとても素敵な人よ。そうじゃなかったら、店に来てもらわなかったし、だから自信を持って。これから先、人生は何十年もあって、楽しいことだっていっぱいあるから」

しまちゃんはこっくりとうなずいて、ぴかぴかに光ったグラスを棚の上に置いた。

開店当初は店の前にずらっと行列ができたけれど、最近は少し落ち着いている。順番待ちをしているのも、二組か三組程度になって、あたふたせずに仕事ができるようになった。しまちゃんがいっていたように、勝ち負けが頭の中にある人は、いちばん客数が多かったときが基準になってしまい、少しでも客数が減ると、不安になって仕方がないのだろうが、アキコは増えても減っても、こちらの店に足を運んでくれた方々に、喜んで食べてもらって、満足して帰ってもらうだけである。しまちゃんへのお給料が支払えなくなったら、そのときは考えなくてはならないけれど、一喜一憂はしない。自分の作りたい料理を作り、それでみんながおいしいといってくれれば十分なのだ。

最初は複数でやってくる女性が多かったけれど、最近は若い男性が一人で来店してくれ

るようになった。彼らは料理が趣味だったり、自分で食事を作ったりもするようで、会計のときに必ず、

「おいしかった」「ごちそうさま」といってくれるし、スープはどうやって作っているのか、サンドイッチを作るときに、何かコツはあるのかなど、詳しく聞いてくる。女性の客よりも、作り方をたずねるのは若い男性のほうが多いのは意外だった。

その日に一人で訪れたのは、大学生に見える眼鏡をかけた若い男性だった。

「とてもおいしいミネストローネですね。どうやって作っているんですか。僕も野菜をたくさん食べるために、スープを作るんですけれど、ただ野菜を煮ているだけみたいになっちゃって。何かこう、体にしみ入っていく感じがないんですよね」

アキコは作り方を聞かれると、いつも企業秘密などとはいわず、質問にはすべて答えた。スープはその日に使いきる分だけ仕込み、素材からスープの味を取り出すこと。不必要な冷凍や、電子レンジは使わないと話すと、

「僕は市販のスープの素を使ってました。だからだったのかな。でも大変そうですね」

と彼はため息をついた。

「家で作るのだったら、鶏のスープをまとめて作って冷凍しておくと便利ですよ。店とは違うんですから」

「でもそうすると、このお店の味とは違ってしまいますよね」

そういって彼はちょっと困ったような顔をする。

「素材はなるべくいいものを使っていますけど、手に入らないものは使っていないので、大丈夫だと思いますよ。調味料も素材以上に大切だから、質のいいものを使ったほうがいいですね。精製塩ではなくて天然塩を使ってくださいね」

アキコが厨房から、使っている輸入品の岩塩や国産の天然塩を持ってきて見せ、少しずつビニール袋に入れて彼に渡した。

「作ってみます。本当にありがとうございました」

彼はにっこり笑って帰っていった。しまちゃんは、

「熱心ですねえ」

と感心していた。

「ありがたいわね。ファストフード店だったら、うちの店の半分くらいで御飯が食べられるのに」

その彼が出ていってから、ぱったりと客足が途絶え、しまちゃんとアキコは溜《た》まっている食器を手分けして洗った。厨房から誰かが入ってくるかと見ていたが、その気配はない。

「最近は料理好きな男性も多くなったからねえ。私がまだ会社に勤めている頃だけど、編集部の若い男性が料理に興味を持って、男性向けの料理教室に通うようになったのね。でも三か月くらいでやめちゃったの。彼女が教室に通うのをとても嫌がったからだったんで

すって」

アキコは気の優しいひょろりと背の高い部下の姿を思い出した。

「えっ、どうしてですか」

「自分よりも彼が料理が上手になると困るからなんだって」

「えーっ、作ってもらえばいいのに」

「そうなのよ、私も気にしないで料理教室に行け行けって、けしかけたんだけどね。女の人も気持ちはさまざまね。そうやって男性の料理好きの芽を摘むのはどうかと思ったけど」

「そうですよ。それって昔、男の人がいっていた、自分より偉くなるのが嫌だから、女は学校に行くなっていうのと同じですよね」

「ずいぶん古い話を知ってるのね。私よりもちょっと上の世代の話よ」

「私が育ったのは田舎ですから……。相当感覚が遅れていたと思います」

「でも漁師町のお父さんやお母さんは、お互いに協力して仕事をしていたわけでしょう。きっとお互いにいなくちゃいけない、同等の立場だったと思うの。中途半端にごちゃごちゃいうのは、いっている側に自信がないからよね。だから自分よりも相手がちょっとでも上になるのは嫌だから、足を引っ張ろうとするのね」

人の足を引っ張るのは嫌だよね、と二人でうなずいた。開店当初は二人でこんな話をする時間も取れなかった。自分では感じていなかったけれど、忙しかったときは目がつり上がっていたかもしれないと反省した。

「あっ、ママさんが……」

しまちゃんの声に食器棚の整理をしていたアキコが振り返ると、喫茶店のママがじーっと店内をのぞき込んでいる。

「どうしたんだろう」

アキコが会釈をしても、外からは見えなかったのか、ママは無表情のまま踵《きびす》を返して店に帰っていった。

「このごろ喫茶店も大変みたいですね。あちらこちらで閉店しているみたいで。前の通りが大きな道路に突き当たった右側に、チェーン店ができちゃったし」

しまちゃんが声を落とした。

「ああ、そうみたいね。もと月極《つきぎめ》駐車場だったところでしょう」

「いつも人でいっぱいになってますよ」

「そうなの。それなのにママが何十年も店を続けているなんて、本当に立派だわ。店をやってみてはじめて、それがどんなに大変かよくわかった」

アキコはつぶやいた。

ママの店はアキコが中学校に入るか入らないかくらいのときに開店した。その前は午後七時から開くバーで、アキコはその店の人たちと、面と向かって顔を合わせた記憶はない。夜、勉強に飽《あ》きて自分の部屋の窓を開け、商店街を見下ろしていると、大人の男女の笑い声と共に、バーのドアが開いた。中から背広姿の男性と、華やかな色合いのひらひらした服を着た女性が、彼らを見送る姿を見た。アキコはバーは大人の店なので、自分があれこれ聞くような立場じゃないと思い、母に何も聞かなかったし、母もそのバーについては、特に関心を持っている様子でもなかった。バーは夫婦で経営していて、奥さんも店に出ているようだとしかいわなかった。そしていつの間にか、そのバーはママさんの喫茶店に変わっていた。特に改装もせず、突然、バーから喫茶店になったのだった。のちに母と酔った常連客が、経営者の男性が店の若い女の子と姿を消し、閉店せざるをえなくなったと話していたのは聞いた。アキコが若い頃は、ママの店も夜十一時を過ぎても開いていたけれど、最近は九時すぎには閉店するようになった。

自分の店がどれだけ続くかなんて、アキコは考えてもいなかった。店を出すだけで大仕事で、あとは毎日、自分たちができるだけのことを続けてきた。ママさんからすれば、いつまでたっても、「殿様、お嬢ちゃん商売」なのだろうけれど。

「ママさんはどういう人生を送ってきたんでしょうかね」

しまちゃんが棚の高い場所にある、食器を並べ直しながらいった。

「うーん、そうねえ、そういえばよく知らないわ。母は知っていたかもしれないけど、私にはママのプライベートな話はしなかったな。母が興味がある話は、黙ってててっていっても、ずーっと喋《しゃべ》ってたけど、そうじゃなかったから興味がなかったのね」

「あれだけ厳しい人だと、やっぱり厳しい人生だったんでしょうか」

「そうねえ、私よりも歳上《としうえ》の女の人で、独身だったり……、そうか、ママが独身とは限らないけど、まあ独身と仮定して、そういう立場だったり、うちの母みたいに女手ひとつで子供を育てていた人は、本当に大変だったと思うわ。今でもいろいろと問題があるのに、当時は偏見もあったし、世の中だって女の人には親切じゃなかったしね」

「そうか……、それだったら厳しくもなりますよね。部活の先生の厳しさとはまたちょっと違ってて。印象としては鬼軍曹っていう感じなのかな」

「鬼軍曹？」

若いしまちゃんから、想像もできない発言だったので、アキコは噴き出した。

「また、年齢にそぐわない言葉を」

「そうですか。子供の頃、近所のおじいちゃんやおばあちゃんがよくいってました。網元のおじさんは優しかったんですけど、その弟さんのことを陰で『鬼軍曹』って。ママさんも無表情で、厳しいっていう感じが……、とても似ているので」

アキコはピンク色に銀のラインのジャージ姿を思い出しながら、笑いがお腹《なか》の中からふつふつとわき上がってきた。

「そうか、じゃあうちの店とお向かいで、福笑いとメガ地蔵と、鬼軍曹が揃《そろ》っているというわけね」

笑いながらしまちゃんを見ると、すでに肩を震わせて笑っていた。

「ママのお店の女の人は、『姫』っていう感じですね」

「雰囲気はぴったりね。福笑いでもメガ地蔵でもないわ」

アキコはしまちゃんには、ママから聞いた「姫」の男性関係の話はしなかった。余計な噂《うわさ》話《ばなし》は彼女の耳に入れる必要はない。

「そうか、じゃあ、ママの店では、姫が鬼軍曹に叱られているわけね」

「鬼軍曹はきついです」

まるで自分が経験したかのように、しまちゃんは何度もうなずいていた。皿洗いも一段落ついて、ふと前を見ると、サーモンピンクのニットワンピースを着た姫が、ステンレスのお盆の上にコーヒーカップを四個のせて、店を出ていくところだった。

「この先の雀荘《ジャンそう》に出前なんじゃないのかな。日中はお客さんはこのあたりの自営業の男の人ばかりだから、姫が来てくれると、華やいでいいんだと思うわ」

「ああ、なるほど」

しばらくして姫は、うれしそうにスキップをしながら帰ってきた。ああ、また怒られちゃうなとアキコは想像した。鬼軍曹は、

「この商店街の人は、どの子がどの店で働いているかを知っているから、変な振る舞いはするんじゃない。ふつうに歩いてくればいいでしょ」

と叱るに違いない。姫は、

「あ、ごめんなさーい」

と素直にあやまる。そういわれて拍子抜けした鬼軍曹は、それ以上の文句もいえず、腹の中で、

（まったく、この子は……）

と怒りを収めるしかない。その繰り返しでやってきたのではないだろうか。

鬼軍曹の相手は姫だから、成り立っている。鬼軍曹対鬼軍曹だったら、修羅場になりかねない。何十年も店を続けていたら、たくさんの問題が起きただろうし、その端々がママの言葉にも表れている。でもこの商店街でアキコの店で何かあったとき、まっさきに相談できるのはママなのだった。

「あのう、いいですか」

ちょうど食器の片付けが終わったとたん、若い女性の二人連れが遠慮がちにドアを開けた。

「はい、どうぞ」

「いらっしゃいませ」

しまちゃんが厨房からとびだして、二人を席に案内した。その素早さは永久補欠だったにせよ、さすがに強豪校に推薦で入れた運動神経を証明していた。

「前にも一度うかがって、とてもおいしかったので、友だちを連れてきました」

「どうもありがとうございます」

しまちゃんの後に続けて、アキコも厨房から出て、

「ありがとうございます」

と頭を下げた。

女性たちは楽しそうにあれこれ話しながら、やっと注文が決まったようだ。

しまちゃんはさっきまでの表情とは打って変わって、神妙な顔つきで、

「ベーグルのたまごサンドとバゲットのアボカドサンド、チキンのスープでお願いします」

とアキコに告げた。

「はい」

二人の楽しくそして緊張する時間がまたはじまった。

たろが亡くなってから、しまちゃんは出勤途中に見かけて撮影したネコ画像を、

2

「こんな子がいましたよ」

と見せてくれていた。アキコも、

「ああ、本当だ。ずいぶん顔が大きいわねえ。お腹もぱんぱんね」

と笑いながら見ていたのに、だんだん楽しみにしているネコ画像を見せてくれなくなった。

「ねえ、このごろはネコたちを見かけなくなったの？」

二人並んで食器を洗いながら、アキコは聞いてみた。最近は客足が途切れる時間帯もできたので、こうやって二人で雑談をする時間もとれるようになった。無駄話をする時間があると、緊張で肩が上にあがりそうになっていても、すっと下におりてくるような気がする。

「いえ、そんなことは……」

しまちゃんの顔を見ると、まるで洗濯板で洗濯をしているかのように、スポンジで皿をこすっている。アキコは笑いがこみ上げてきた。

「やだ、どうしたの。そんなに力を入れなくても汚れは落ちるでしょう。ネコたちはどこかにいっちゃったのかな。でも寒いわけでも暑いわけでもないのにね」

「はあ」

しまちゃんはこっくりとうなずいたが、どうも様子がおかしい。

「どうしたの？　何かあったの？」

「いや、いいえ、あの、そういうわけじゃないんですけど」

「うん」

「あの、あのう……、私、迷惑なことしちゃってるんじゃないかって思って」

「迷惑？　何が？」

「あのう、たろちゃんが亡くなって、アキコさんがとても悲しんでいるのに、元気なネコの姿を見せたら、余計悲しくなっちゃうんじゃないかって。アキコさんは画像を見てとても喜んでくれているのはわかったんですけど、その分、一人になったときに余計に悲しくなっちゃうんじゃないか。だから見せないほうが……、いいのかなって思ってしまったので……。すみません」

しまちゃんの声は小さくなった。

「えー、そんなことないわよ。最近、全然見せてくれないからつまらなくて。私も散歩に出ると、どこかにあのヒトたちがいないかって、探しているんだもの。声をかけると逃げられたり、きょとんとした顔で見ていたり、すり寄ってきたり。どんな態度をとられてもかわいいし楽しいわ」

「ああ、そうなんですか、よかった」

「もちろん今でもたろを思い出して泣いちゃうけど、それとこれとは別なのよ。テレビでもネコが出るものがあると、必ず見るし笑ったりしてるもの」

しまちゃんはほっとした顔で笑った。

「在庫画像はないの」

「在庫、たっぷりありますっ」

しまちゃんは食器洗いが一段落つくと、いつも肩から提《さ》げている、大きなショルダーバッグの中から携帯電話を出して、アキコに見せてくれた。客が誰もいないといっても、遊んでいるわけにはいかないので、いつでもお客様をお迎えできるような、店の入口に向かって横並びになる態勢で、しまちゃんが差し出した携帯を二人でのぞきこんだ。

「すごい量じゃないの。わあ、こんなにたくさん」

何十枚どころではない、ネコ画像が次々に表示されてくる。アキコは思わずしまちゃんの手から携帯を奪い取った。

「出かけたときにも必ず撮影していたので。これは上野公園、これは根津ですね。こっちは井《い》の頭《かしら》公園、あ、これは六本木です」

「あはははは。すごい。都内を網羅してるのね」

迫力のある顔、かわいい顔、タヌキみたいな子、華奢《きゃしゃ》でしゅっとした子、アバンギャルドな柄の子、子連れのお母さんネコなど、見飽きることがない。アキコが、

「わあ、きゃあ」

と声を上げるのを見て、しまちゃんはそのネコ画像を撮影したときのエピソードを話してくれた。

「ああ、堪能した」

アキコは携帯に画像を転送してもらって、大いに満足した。

「これでしばらく楽しめるわ」

「気にしすぎちゃったみたいですみません」

「いいの。気を遣ってくれてありがとう。もちろん今でも悲しいときはあるけど、他のネコの姿を見てるとほっとするの。私、意外と図太いから大丈夫よ」

「はい、わかりました。また新規開拓してお見せできるようにがんばりますっ」

背筋を伸ばしてしまちゃんは宣言した。また部活スタイルになってると、アキコは噴き出した。

以前は仕込んだスープが足りなくなって、お断りしてしまう場合もあったのに、最近は客足が途絶えるのと、スープがなくなるのとがほぼ同時になり、アキコは、

「いつもぴったりで怖くなっちゃうくらいねえ。何か予言してみたら当たるかしら」

としまちゃんと笑った。二人でできる範囲の仕事と、来客数のバランスがとれるようになって、精神的な負担が少なくなってきた。そんなことをいうとまた、喫茶店のママから、

「甘いこといってんじゃないわよ」

と叱られそうだが、アキコは打ち上げ花火みたいに、ぱあーっと打ち上がってすぐに無くなってしまうものより、地味であっても、何かあったときにあそこに行って食事をしようと思ってもらえるような店にしたかった。

形は変わっていても、母も同じ気持ちだったのかもしれない。母の店「お食事処《どころ》　カヨ」に対しては全く興味がなかったし、嫌悪感すら持っていたので、商店街のなかでの店の立場がどんなものだったかなんて気にしなかったけれど、ママは一目置かれていたといっていた。だから毎日、あれだけ飽きずに常連さんが来てくれていたのかと、いまさらながらわかったが、アキコは常連さんができてしまうことへの怖れがあった。

常連さんはとてもありがたいのは十分わかっているのだが、べったりしてしまうと店と客の関係が難しくなる。なかには一生懸命に話しかけてくれて、アキコととても親しくなりたがっている様子の女性たちもいたけれど、そういう人たちにとっては、アキコの応対

は冷たかったかもしれない。誰がブログやツイッターをしているなんてわからないけれど、しまちゃんから、他の店について店主との仲の良さをアピールしたり、特別感を自慢しているブログ主も多いといった話を聞いていた。アキコはそれは避けたかった。たびたび足を運んでくれる方はとてもありがたいけれど、必要以上に個人的に親しくしないようにはしていた。なかには親しくなりたいと考えているのに、アキコの態度がいまひとつだったので、無愛想だと感じた人もいたかもしれないが、それはそれで仕方がない。

相変わらず喫茶店は忙しくないのか、たびたびママが店内をのぞくようになってきた。店内のアキコとしまちゃんに対して、にっこり笑うでもなく、無表情で現れて無表情で去っていく。最初は緊張したけれど、この頃は慣れて、そういった姿が微笑《ほほえ》ましく感じるようにもなった。

「ママさんは、店の中を見てどうするんでしょうかね」

しまちゃんは首をかしげた。

「どうもしないと思うわよ。毎日の習慣になっちゃったんじゃないの」

「へえ、そうですか」

「うちの店をのぞかないと、どこか気持ちが悪いっていうか。お客さんが入っているとか、いないとかなんて、関係ないんだと思うわ」

「私はそのたびに、あれだけお客さんが入ってるとか、自分のお店と比べているんじゃないかななんて思ってましたけど、違ってたんでしょうか」

「何十年も商売をやってらっしゃるから、いちいちそんなことは気にしないんじゃないの。ド素人の私がちゃんとやってるか、心配なんでしょ」

アキコはふふふと笑った。

一週間に一度しか店休日を作ってないので、連日五時に閉店できると、平日の夕方以降に、自分の時間がとれるのはありがたかった。そして閉店の準備をしていると、ママがすかさずやってきて、

「あらー、もうおしまいなの」

とひと言いわれるのもお決まりだった。この店を開いてからアキコに対して、ずーっとそれをいい続けているママもすごいなと、アキコは感心していた。

「それでは失礼します」

しまちゃんが帰るために店から出て、ママが立っているのを見つけて、

「こんにちは。お先に失礼します」

と丁寧に頭を下げた。

「はい、お疲れさま。あなた、これから家に帰ってどうするの？　時間があり余って仕方がないんじゃないの」

ママがしまちゃんに声をかけた。

「家に帰ったら、銭湯に行きます」

「えっ、銭湯？　お風呂《ふろ》はないの？」

「あるんですけど、手足が伸ばせる銭湯が好きなんです」

「あらー、昭和の子ねえ」

「しまちゃんはちゃんと、しまちゃん独自の好みがあるからね。立派よ」

アキコはしまちゃんの肩を叩《たた》いた。

「そうねえ、あんた、しまちゃんだっけ、あんたは大きいから、うーんと手足を伸ばしたら、狭い風呂桶《おけ》を突き破りそうだものね」

「そうなんです」

しまちゃんは恥ずかしそうに頭に手をやった。

「今時、珍しい。あたしはあんたが好きよ」

ママの言葉にしまちゃんは照れながら、再びぺこりと最敬礼をして去っていった。

「まったく相変わらずねえ、もう店じまいなの」

やっぱりいわれたとアキコは苦笑した。

「ええ、スープが……」

「そうだった。あたし、何度も同じこと聞いてるね。ボケてんのかもしれないわね」

「そんなことないですよ」

「いやあ、あぶない、あぶない。うちのお嬢さんは最初っからぼーっとしてんのね。だからあたしがうまいこと鵜飼《うか》いみたいに操っていたんだけど、最近はあたしもぼーっとしてきちゃって、鵜匠と鵜が共倒れしそうなのよ」

「ええっ、そんな」

しっかりしていらっしゃるし、などというのも、ママに対して失礼かなと口ごもり、ごにょごにょと言葉を濁した。

「うちもどうするかねえ。値段が安ければ電子レンジで作ったコーヒーだってかまわないっていう人もいるからさ。たった一杯のコーヒーでも、気合いを入れて淹《い》れている人間からすれば、『嘆かわしい』のひとことだわ」

コーヒーのエッセンスとやらを売っていて、それをコーヒーカップに何滴か落とし、水を注いで電子レンジで加熱すると、とりあえずコーヒーらしきものが出来上がるのだそうである。

「コーヒーの味をわかってくれる人だけが来てくれればいいんだけど、ちゃんと豆を買って気合いを入れて淹れたら、それなりのお代金をいただくようになるじゃない。それを支払ってくれるお客様もありがたいことにいらっしゃるけどさ、あたしもそうだけど先が見えてるじゃない。まだ体が動くうちに、引退するのもあるのかなって考えてんのよ」

いつもアキコの行動にツッコミをいれてくるママが、悩みめいた自分の話をするのははじめてだった。

「うーん、でもそうなったら寂しいな」

アキコがぽつりというと、ママの顔がさっと変わった。

「そんなことないよ」

苦笑いをして言葉遣いはそっけなかったが、彼女の目がちょっと潤んだように見えた。

「そうですよ。だってママにはいろいろ教えてもらったし」

「そんなことないよ。あたしはアキちゃんに何も教えてないっ」

ママは意地になっていた。

「母が亡くなってから、商店街でも頼れる人って、ママさんしかいなかったし……」

アキコがいいかけると、ママは急に、

「ああ、ごめん、店じまいのときに声をかけちゃって。あたしもお嬢さんが心配だから、戻らなくちゃ、じゃあね」

ママは早口でそういって店に入っていってしまった。一人残されたアキコは、ママの背中に向かって頭を下げた。人通りの多い商店街なのに、自分の頭の上に「ぽつん」という文字が現れたような気がした。

店が終わって、自室のドアを開けると、たろが転がるように走ってこないことに、まだ慣れていなかった。

（たろちゃん）

心の中でつぶやいた後、とてつもなく悲しくなり、テーブルに突っ伏して泣く。まだびっくりするくらい涙が出てくる。チェストの上に小さな骨箱と写真があって、そこに今のたろがいるのに、いつまでたっても、毛が生えてぷっくりしていて、おっさんのような風《ふう》貌《ぼう》で、抱っこするとすぐに、

「ぐふう、ぐふう」

と鼻を鳴らすたろの姿を探していた。ひとしきり泣いて、

「はあ」

とため息をひとつつくと、気持ちも落ち着き、晩御飯を作ろうという気が出てきた。

その日の晩御飯は、エビを入れた緑黄色野菜が中心の野菜炒めに、卵焼き、しまちゃんと分けたバゲット一切れだ。収入も当初に比べてじりじりと減ってはいるが、しまちゃんのお給料を払って、仕入れもできて、アキコも贅沢《ぜいたく》をしなければ生活していけるので、今のところ問題はない。しかしママもいっていたように、いつ客足が途絶えるかわからない。経営者としては経営方針を明確にし、もっと具体的な戦略が必要なのかもしれないが、今のところ何も頭に浮かばない。ひっそりと地元で店を続けたいという気持ちしかない。朝が来たら仕入れと仕込みをし、開店から閉店まで集中力を切らさずに働き、店を閉めたらたろを思い出して泣く、というのが日課である。

「泣くのが日課はだめだわね」

アキコは御飯を食べながら、食後は書店で購入した、好きな作家の新刊を読もうと決めていた。日によって違うお茶を飲みながら本を読むのは、至福のひとときだった。残念なのは膝の上にたろがいないことである。座ると膝の上はからっぽ、ベッドで寝れば腕の中はからっぽ。

「たろがいなくなってからは、からっぽの人生だなあ」

アキコは本から目を上げて、チェストの上のたろの写真に目をやった。写真のなかのたろは、

「うっす」

といっているようだ。

「あんなに元気だったのにねえ」

写真や画像を見たら、悲しくなるに決まっているのに、見ずにはいられない。そして、たろの丸々とした肉球だったり、うれしさで全開になった鼻の穴だったり、

「ぐふう、ぐふう」

といいながら、アキコの体にくっつけていた、体や頭の重みを思い出して、またまた泣くのだった。いったいいつまで泣けば、気が済むのかと、自分でも不思議でならなかった。ひとしきり泣いてふとタンスの上に目をやると、写真の母の目が、心なしかちょっと怒っ

ているように見えた。

アキコにネコの画像を見せてといわれて安心したしまちゃんは、出勤するとすぐ、と携帯電話を差し出すようになった。顔見知りのネコばかりがいた場所に、ふいっと見たことがないネコが姿を現したりするのだという。

「新人登場ですよ」

「へえ、外ネコなのかなあ」

「うーん、たまたま飼いネコが散歩しているだけかもしれないんですけれど。でもしっかり汚れてて、外ネコ人生が長いような子もいますよ」

「じゃあそれまで出会いのタイミングが合わなかったのね。それにしてもしまちゃん、写真を撮るのが上手ね」

感心するほど、ネコのしぐさを切り取っている。塀の上で、木に留まっている雀《すずめ》を捕ろうとして、立ち上がって両手でバランスをとっているかのようなネコの姿など、本当に、

「あらよっ」

といっているみたいだった。

「このヒト、傘を持てるようになれば、これで世界を回れるわね」

アキコは笑いながら何度も画像を見直した。

「そうなんですよ。とってもバランスがいい子で、長い間立ってるんですよ。なかにはどんくさい子もいるんですけどねえ」

「そうそう、なんでこんなところでっていう場所で、どでっと落ちたりする子がいるわよね」

「やっぱりネコにも運動神経のいい子とそうじゃない子がいるんですかねえ」

「生き物だからあり得るんじゃないのかなあ。どっちもかわいいけど」

「そうですね。ネコの写真を撮ろうとして気をつけて見てると、当たり前だけどイヌとずいぶん違うなって思いますね。だいたいイヌは塀の上からこっちを見てないですしね」

「イヌにはあの跳ぶ感じはないわよね。あのどすこい体形のたろだって、テーブルや椅子《いす》の上に跳び乗ったりしていたもの」

　美人さん、やさぐれている子、興味津々でこちらを見ている子、逃げる途中でぷりっとした汚れたお尻しか写っていない子、どの子もみなかわいかった。アキコはいつものようにネコ画像を堪能し、自分の携帯に転送してもらった。画像が増えていくのがうれしい。

「今日もよろしくお願いします」

「はい、よろしくお願いします」

　二人は向かい合って頭を下げた。

　仕入れ先では、値上げの話ばかりだった。みなこぢんまりと誠意を持った商売をしてい

る人たちばかりなので、農家のご主人も、パン工房のオーナーも、二人で相談したかのように、

「うちももとの値段で卸したいんだけど、ごめんね、本当にごめんね」

と謝られた。原材料が値上がりしたり、天候によって作物の出来が左右されるのだから、値段が一定しないのは仕方がないのだ。

「アキコさんのところは、だからといって値段を上げられないでしょ」

「まあ、それはそうですね」

「だからさ、こちらがそういうふうにお願いするのが悪くってね」

みんな少しでも安心できる食材を提供しようと、仕事をしている人ばかりなのだ。野菜はF1という大量生産が可能な、種を残せないものではなく、昔からの固定種を使って育てている。パンも天然酵母のものは自家製で、それを使って発酵させて作っている。手間暇がかかるうえ、手順のうちのどれひとつが欠けても、完全な状態にはなりにくい。大量生産できるものではないのだ。

「私のほうは大丈夫なので。これからもよろしくお願いします」

そういうと農家のご主人もパン工房のオーナーも、ほっとした顔をして何度も頭を下げた。それがかえって申し訳なかった。本当ならば彼らがしていることが、人の口に入るものを作る人の姿勢なのに、今は内容はともかく、大量生産で価格が下がったほうがよしと

される。天気が悪ければ作物はできないのが当たり前で、ないときは我慢する。今までそういった考えに基づいてみんな暮らしてきていたのに、いつでも物がある世の中になるのを求められている。水耕栽培もあるけれど、野菜なのに土に根付かない、太陽の光も気候の変化にも揉《も》まれない野菜を食べて、おいしいのだろうかとアキコは思うのだ。アキコが見込んだ生産者の人たちとは、お互いに支え合っていきたい。金銭的な面ではちょっと辛くなるのは間違いないのだけれど。

でもこれも母が店を残しておいてくれたから、できることだった。一から店舗を探してとなったら、絶対に店なんて開けなかったし、料理学校の先生にも相談すらしなかった。きっと人事部が決めた異動に文句をいいながら、出版社の経理部で働いていただろう。好きじゃなかった母に対しても、またそんな母に対して自活できるだけの物を与えてくれた、不倫とはいえ亡くなった父にも感謝しなくてはならないだろう。アキコは大荷物を抱えてずんずんと前を歩いていくしまちゃんの頼りがいのある背中を眺めた。店をやらなければ、しまちゃんとも出会えなかった。人生ってどういうふうに決まっているのか、それとも決まっていないのか、不思議だなとアキコはパンが入ったケースを抱えながら、しまちゃんの後について店に入った。

火曜日の夕方、無事、一日の仕事を終え、閉店準備をしていると、喫茶店のママがやっ

てきた。また、いつものせりふだと待ち受けていると、

「アキちゃん、あんた、明日、休みでしょ。空いてる？」

と唐突に早口で聞かれた。たろがいるときは、休日はたろと遊ぶ日にしていたけれど、たろがいなくなってしまった今は、本を読むか家事をするかくらいで終わってしまう。

「えっ、ええ、特に予定はないですけど」

「ああそう、じゃあ、明日、うちの店も臨時休業だから、うちにいらっしゃいよ。わかったわね。十一時頃に。来て」

「あのう、ママさんのお宅にですか」

「そうよ、他にどこに行くっていうの？　地図を描いといたから。迷ったら電話ちょうだい」

他人を家に誘うのだったら、もうちょっと愛想があってもいいと思うのだが、ママはつっけんどんにいい、地図が描いてある紙をアキコに押しつけるようにして、喫茶店に戻っていった。

「あ、そうですか……」

アキコはつぶやきながら、地図を眺めた。ママの家は商店街の最寄り駅から急行で三駅隣にあった。駅から徒歩五分ほどのマンションの五階とある。紙を手に自室に戻り、サインペンで描かれた地図をじっと見つめた。きちんと描いてあり、添えられた字がとてもき

れいだったのが意外だった。

「どうして急に。何かあったのかな」

アキコは母には筑前煮、たろには煮干しを供えながら、

「明日、ママさんの家に行ってくるね」

と報告した。

翌朝、窓からママの店を見ると、「臨時休業」の紙が貼《は》ってあった。今までママの店が休むのは年末年始の五日間とお盆の三日間くらいしかなかった。アルバイトのお嬢さんは週に二日は休んでいたようだが、ママはずっと店にいた。ママも若くはないし、何となくよい話ではないのではと気が重くなってきた。アキコはなるべく明るい気分になるように、花屋の奥さんに、喫茶店のママさんにとは告げず、

「私よりも歳上の働いている女性のために」

とお願いして、赤いバラが中心の小さいけれど華やかな花束をアレンジしてもらった。

平日の午前中の下り急行電車に乗っているのは、終点近くにある遊園地に行く子連れの若い母親たち、沿線の大学に通う学生、あとは紅葉で有名な名刹《めいさつ》にお参りに行く、高齢者のグループくらいだろうか。自分くらいの年齢の人が、いちばん比率として少ないなあと、アキコは結構スピードを出す電車に揺られていた。

ママのマンションがある最寄り駅は、隣接して高いビルはあるが、他には高い建物がな

く、視界が開けたような、すっきりとした駅だった。イヌを連れて散歩の途中なのか、ベンチに座っている人も数人いる。駅前だからかもしれないが、ずいぶんイヌ度が高い。アキコはバッグの中から地図を出して、「二叉《ふたまた》を右にまっすぐいった左側」とマンションの場所を確認して歩きはじめ、迷うことなくすぐに到着した。

そのマンションはオートロックもなく、築年数が古そうだが、管理が行き届いていた。入口横の掲示板には管理人からのゴミ捨て等のお願いの紙が、きちんと並べて貼ってある。エレベーターで最上階の五階のボタンを押して、角部屋の505号室のインターホンを押した。

「はあい」

と声がしてドアが開いた。グレーのスウェット地に赤い花のプリントがあるチュニックに、黒いレギンスを穿《は》いたママが姿を現した。化粧は店に出るときと同じように、しっかり塗っている。

「すぐわかった?」

「ええ、丁寧に地図を描いていただいたので」

「まあ、ここに来るまでに迷うっていうのは、相当な方向音痴だけどね」

彼女はアキコにバラの柄の派手なスリッパをすすめ、短い廊下の突き当たりにある、リビングルームの緑色のソファに座らせた。

「バラがきれいだったので、花束にしてもらったんです。よかったら」

アキコが花束を差し出すと、ママは、

「ありがとう。やっぱりバラは素敵だね。これに活《い》けようかな」

ママはテレビが置いてある、腰の高さのキャビネットの扉を開け、下の棚からクリスタルの壺《つぼ》形の花瓶を取り出した。

「あら、いい感じよ」

アキコの持ってきた花束は、透明の花瓶に入れられて、目の前のテーブルの上に鎮座した。テーブルには繊細なレース編みのテーブルセンターも置かれている。

「お茶を淹れるから、ちょっと待って」

ママはキッチンに引っ込んだ。リビングルームには壁面いっぱいに統一された家具が置かれ、見事に片づけられていた。物は少ないとはいえないのに、余分なものは一切外に出ていない。いけないとはわかっているものの、アキコは他人の家に招かれると、すぐに本棚を見てしまう癖がついていた。テレビの隣に両開きのガラス戸になっている、上下に分かれた大きなキャビネットがあり、上のほうにはオブジェや写真、小さな人形などが飾られ、下はファイルや本、雑誌などが入れられている。本はいちばん下段にあった。アキコはそこに近づき、しゃがんで本の背を見た。『氷点』『道をひらく』『梟《ふくろう》の城』『国盗り物語』『竜馬がゆく』『頭の体操』『冠婚葬祭入門』など、どれも昔ベストセラーになった本

ばかりだ。ママもベストセラーは読んでいたんだと眺めていると、

「やっぱり本が気になるのね。アキちゃんの持っている本の百分の一くらいしかないでしょ。全部、昔に読んだ本ばかりだから」

とママが緑茶をお盆にのせてやってきた。たしかに新書は黄変しているし、単行本も年季が入っている。

「司馬遼太郎がお好きなんですか」

ソファに座りながらアキコはたずねた。

「うーん、特別好きっていうわけじゃなかったんだけど。贔屓《ひいき》にしてくれた人が、好きだったからね。話を合わさなくちゃいけないからさ、私も勉強したのよ」

ママはふふっと笑って、どうぞとアキコに塗りのお皿にのせたお菓子も勧めた。軽くてふわっとしたお腹にたまらない煎餅《せんべい》だ。アキコは「贔屓」という言葉に首をかしげながらも、ここを突っ込んで聞いていいのか、それともスルーしたほうがいいのかと、悩みながら煎餅を食べた。そもそも私はどうしてここにいるのか。ママに誘われたからだけれど、どうしてママは私を誘ったのか。わからない。子供の頃から知っている人の家に、思いも掛けずに呼ばれて、ちょっと背中がこそばゆい。

「贔屓の人の気持ちはさ、損ねちゃいけないでしょ」

ママはアキコを誘導しているかのようだった。向こうがもうひと押ししてきたのだから、

これは聞かなくちゃいけないだろう。

「ご贔屓の方って、ママさんは昔、どういうお仕事をしていたのですか」

水商売の人の過去は、あれこれ詮索《せんさく》しないほうがいいけれど、これはママが、「聞いて欲しい」といっているのだと、勝手に解釈した。

「ふーん」

ママはため息をついてお茶を飲み、

「ふふふ」

と笑った。

「特別、立派なことはやってきてないからねえ。何だかあっという間にこの歳になっちゃって。若い頃からずっと水商売よ」

「ああ、そうですか。だからご贔屓さんがいたのですね。でもそういったお客さんがつくっていうのは、ママさんは人気があったんですね」

のっけから深くは聞かず、相手の言葉からさぐりをいれなくてはならない状態になって、アキコの頭はフル稼働した。

3

「人気？　ふうん、人気ねえ」

ママは部屋の斜め上に目をやった。そして、

「あ、あそこ、シミがある」

と小声でつぶやいた。アキコが振り返ると、白い壁の天井に近い部分に、うっすらと縦長の茶色いしみがあった。

「壁紙の糊《のり》がしみ出してきたんだね」

「ああ、そうかもしれませんね」

アキコはお茶を一口飲んだ。

「人気っていってもさ、店でナンバーワンになる子っていうのは、やっぱりすごいからね。男がわんわん寄ってくるっていう感じで、次元が違うんだから。でも男の人も趣味はいろいろだからね。あたしみたいに変な女が好みっていう人がいたのよ」

「変なんですか」

「変でしょうよ。だいたいあたしがホステスやってるだけで変なんだから」

　アキコがまだ出版社に入って三年目の頃、ベストセラー作家と打ち合わせの後、彼が週に三日は通っているという、銀座のバーに同行した。想像していたように、豪華な着物を着たり、華やかなドレスを身にまとった美しいホステスさんもたくさんいたが、ごくふつうの年配のホステスさんもいたのが意外だった。着物は着ていたけれど、その上に割烹着《かっぽうぎ》を着たら、炭火で焼き鳥を焼いているような雰囲気で、気軽に、

「おばちゃん」

　と声をかけられるような気さくな女性たちだ。そんなホステスさんのうちの一人で関西出身の人は、

「どはっはっは」

　と豪快に笑い、話し上手、聞き上手だった。その話をママにすると、

「あたしはそっちのグループだけど、その人みたいに性格はよくなかったな。いいたいこといってたから」

「そんなことないですよ」

　と苦笑した。

「いやあ、あるね」

　アキコの言葉を言下に否定したママは、棚に置いてある置き時計を見て、

「お昼に近所の店を予約してるから。アキちゃんは嫌いなものはないでしょ。そろそろ出たほうがいいかもしれない」

「はい、わかりました」

今日はママのいいなりである。

二人で部屋を出てエレベーターに乗り、肩を並べて歩いているのが、とても不思議だった。

「静かでいい町ですね」

「アキちゃんみたいに、あの商店街で生まれ育った人には、人通りがすごく少ないように思うんじゃないの」

「そうですね。人口密度が低いっていうか」

「あの商店街は周辺の人たちだけじゃなくて、地方から観光で来る人もいるから。商売するにはいいかもしれないけど、静かじゃないよね」

「でも私は慣れちゃったから」

「そうか。そうだね」

ママはアキコの半歩前を歩いていった。店にいるときよりも、歩幅が狭く、歩くのもゆっくりな気がする。アキコははじめてママの年齢を考えた。

「ここを右」

ママが指を差した路地を右折すると、ママのマンションから三、四分ほどの住宅地の中に、小さな店がぽつんとあった。木造の二階建てになっていて、一階が店舗になっている。小さな両開きの窓には赤と白のギンガムチェックのカーテンが掛けてあり、ささやかに店の存在を主張していた。

「イタリアンなんだけど……」

ママは片開きのスイングドアを開けて中に入った。

「いらっしゃいませ」

厨房《ちゅうぼう》から顔を出したのは、きちんとプレスされた白衣を着た初老のご夫婦だった。アキコは二人の姿を見て、はっと息をのんだ。二人とも善良さを体の芯《しん》から発しているような笑顔だった。お世話になった料理学校の理事長先生もそうだったが、こんな柔和で品のいい笑顔の人々が他にもいたのだと、ぐっと胸の奥を突かれた思いがした。アキコの緊張があっという間にほどけていった。

広さはアキコの店「ä《エー》」とほぼ同じくらいだろうか。カウンターが三席、二人掛けのテーブルが二脚、四人掛けのテーブルが二脚とこぢんまりしている。店の奥の二人掛けのテーブルには、高齢のご夫婦が小声で何事か話し、二人とも何度もうなずきながら、パスタと野菜サラダを分け合って食べていた。

「こんにちは」

おしぼりとメニューを持って、奥さんらしき女性がやってきた。どこもかしこもまん丸な、マシュマロみたいな感じの人なのだが、白髪をショートカットにして、素顔っぽい肌に赤い口紅を引き、衿《えり》の詰まった白衣の下にはサテン地のちょっと光沢のある黒のクロップドパンツを穿《は》いている。足元はグッチの黒エナメルのビットモカシンだ。

「この人、アキコさんっていうんだけどね、うちの店の向かいで、サンドイッチとスープのお店をやってるの。プロのお店はこうなんだっていうところを、ぜひ教えてあげようと思ってね」

ママの言葉に奥さんは、

「あら、どうしましょ。それは困りました。ねえ」

と厨房の中にいるご主人を振り返った。彼は笑いながら、

「困ったねえ。何もお手本になるところなんかないですよ」

という。

「どうぞ、ごゆっくり」

おしぼりとメニューを置いた奥さんは、さっと身をひいて厨房とフロアの間に立っていた。そして厨房を見て中に入り、ご主人の隣で何やら作業をした後、またフロアと厨房の間に戻った。そこで中と外とに目を配りながら、フォローしているのだった。

「何でもおいしいから、好きな物を頼んで。私は何度も全制覇してるから。いちおう全部、

食べてみたいじゃない。新メニューもあるし。来るたびにこれ、次はこれって頼んでいるうちに、そうなっちゃったの。それでも飽《あ》きないのよね。不思議なの、この店は」

「そうなんですか。でも全部、そそられますね」

ママさんはアキコの注文を待たず、シェアすれば種類が食べられるからと、ぱぱっと奥さんに六品を注文し、

「どれも少なめで。ピザはそのままでいいけど、そのあたりはよろしくお願いします。あ、ドルチェはなしで」

と頼んだ。

「はい、わかりました。足らなかったらまたいってくださいね」

「うーん、足らないことはないと思うけど」ママの言葉を聞いた奥さんは、にっこり笑って厨房に入っていった。

このお店は「ä」とは対照的だった。赤と白のギンガムチェックのカーテンもそうだし、テーブルクロスは赤。店の隅に置いてある背の高い観葉植物が緑で、イタリアンカラーになっている。木製の棚には同じく木製のおもちゃなどが飾ってある。ネコ、ライオンなどが四本足で立っていて、後ろのボタンを押すとくたっとなる、あのおもちゃである。ボタンから指を離すと、またすくっと四本足で立つ。子供の頃、ああいうおもちゃが家にあったなと、アキコは思い出した。母に買ってもらった記憶はないが、いつの間にか部屋にあ

った。もしかしたら「お食事処《どころ》　カヨ」のお客さんにもらったのかもしれない。壁にも絵やきれいな絵皿が飾ってあって、あたたかみのある雰囲気になっている。古い店なのにどこもきれいに磨き上げられているのもとても感じがいい。

「素敵なお店ですね。知りませんでした。今はどんな小さなお店でも、テレビや雑誌で紹介されるでしょう」

「アキちゃんの店もずいぶん紹介されてたらしいじゃないの」

「あの商店街のなかにあれば目立ちますし。ただそれだけです。新しい店は取材されるんですよ」

「ふーん、そうなのかな」

「紹介されると、わーっとお客さんが来てくれるけれど、多くの人はすぐに飽きて次の新しいお店に行く。その繰り返しなんです。でもこのお店は、そんな渦巻の中に奇跡的に呑《の》まれないで残っているっていう感じですね」

ママは今のマンションに引っ越してきてから、周囲に食事のできる店はないかと散歩がてら探し続け、八年後に開店したてのこの店に出会ったのだという。

「それが大当たりだったんですね」

「そういうこと」

二人であれこれ話しているうちに、料理が怒濤《どとう》のように運ばれてきた。

「すみませんね、どんどん出てきちゃって」

料理を持ってきた奥さんが恐縮している。

「お父さんが張り切って作ってくれちゃったんだね。こっちも負けずにいただきましょ」

基本中の基本のカプレーゼも、どこで食べても同じような気がしていたけれど、この店のはミニトマトが半分にカットされて使われていて、バジル、モッツァレラチーズ、ミニトマトのそれぞれの味が際立っているのに驚いた。

「このバジルもミニトマトも、ご夫婦が裏の畑で育ててるのよ。バジルの香りがすごいでしょ」

「この強烈な香りを嗅《か》ぐと、ハーブって野草なんだなってわかりますね」

「好き嫌いがあるかもしれないけど、やっぱり野菜でも何でも、それらしい匂《にお》いがしないとつまらないよね。今はそういう野菜も少なくなってるけど」

「消費者のほうが本来の野菜の青臭い匂いを嫌うらしいので、そういう種を作らなくなったって聞きましたよ」

「ふん、何を考えているんだか」

ママはそういい捨てて、ズッキーニのフリット、ポルチーニ茸《だけ》のパスタ、マリナーラソースのピザを一切れと次々に食べ、

「おいしいよ」

とアキコに勧めた。イワシをレモン汁に浸しただけのマリネは味付けも塩とオリーブオイルで充分だし、豚肉のミルク煮にはレーズンや松の実が入っていてコクがある。

「これもおいしい」

「この店は外れがないのよ」

二人で目の前の料理をほぼ無口になって食べていて、ふとアキコが顔を上げると、すでに店は近所の人々でいっぱいになっていた。厨房に目をやると、棚には様々な種類のオリーブオイルと塩が並べられていた。世界各国の岩塩、海塩を使い分けているのだろう。

「お腹《なか》いっぱいいただいたわね。じゃあこれをいただいたら戻ることにしましょう」

奥さんが淹《い》れてくれた、食後にぴったりな風味のエスプレッソを飲んで、優しいご夫婦の笑顔に送られて二人は店を出た。

「あの店のコーヒーはおいしいね。最後まで手を抜かないところがいいのよ」

ママは空を仰ぎながら大股《おおまた》で歩き、突然、道路を横切って反対側の歩道に渡った。不思議に思いながらアキコが付いていくと、花壇が作られ木も植えられてはいるけれど、公園ともいえないような小さな空間がある。

「ここ、ネコだまりなんだよ」

小声になったママが、指をさすほうを見ると、花壇の隅に黒と茶がまじった、サビネコがいた。

「あそこの木の陰にもいる」

そこには黒ネコがいてじっとこちらを見ている。二人が入っていっても、ネコたちは逃げる様子もない。よく見ると二匹とも、唐草模様の手ぬぐいを細く縫って作った首輪をつけてもらっている。でも飼いネコではなく、毛の感じは明らかに外のヒトたちだ。

「おいで」

アキコがしゃがんで声をかけると、まずサビネコが、

「あああー、うあああー」

と体からは想像がつかない、高いかわいらしい声を出しながら、走り寄ってきた。

「あら、いい子ねえ」

サビちゃんはアキコの指の匂いを必死に嗅ぎ、ぺろぺろと舐《な》めている。

「あ、ピザの味がするんだね。ごめんね。何も持って来なくて」

それを見ていた黒ちゃんのほうも、

「にーにー」

と鳴きながら、すり寄ってくる。アキコの背中にまわって、ぐいぐいと体を押しつけてきた。久々に味わうネコのしぐさと体温だった。

「二人ともいい子ね。ごはんは食べたの？　あら。お腹がぱんぱんになってない？」

ネコの世話をする人たちにもらったばかりなのか、二匹ともお腹が張っている。いちお

うアキコの匂いを確認した後は、マッサージのお願いである。サビちゃんがころりと仰向けになり、両手を曲げて「マッサージ、お願いします」の体勢になると、黒ちゃんも真似《まね》をして同じように仰向けに転がった。

「あら〜、どうしましょう」

アキコは持っていたバッグを地べたに置いて、右手でサビちゃん、左手で黒ちゃんのお腹をさすってやると、二匹はうれしそうに、

「ふがあ、ふがあああ」

「んか〜、かかかかあ」

と喜びの声を発しながら、手で顔を何度も何度もこすっていた。

アキコのそんな姿をママさんは、苦笑いをしながら腕組みをして眺めていた。しばらくマッサージを続けていたが、二匹とも満足してくれたようで体を起こしたので、アキコもバッグを持って立ち上がった。

花壇の隅には迷彩柄のネコハウスが右側に一個、反対側に二個置いてあった。段ボール箱にわざわざ迷彩柄の防水シートを貼《は》って作ったようだ。

「迷彩柄っていうのがおかしいですね」

「ネコが嫌いな人もいるからさ、きっとそのための目くらましなんじゃない。ちょっと見るとわかりにくいもんね。ちゃんと御飯も水ももらっているから、慣れちゃっててね。あ

のハウスはちゃんと風よけがついていて、風や雨が強い日は、誰かがちゃんとかけてあげて、天気がよくなると元に戻してあげてるみたい。ネコが自分でやってるわけはないからね」

アキコは天気が悪くなってくると、サビちゃんや黒ちゃんが、あわてて両手でハウスの風よけを下ろしている姿を想像して笑いがこみあげてきた。

「黒いネコには子供がいたはずなんだけどな。三か月くらい前にちっちゃいのがいたのを見たもの」

アキコがそっと段ボールハウスを覗《のぞ》き込んでみると、まだ大人にはなってないけれど、それなりに成長した子が、きょとんとした顔でアキコの顔を見上げた。黒ちゃんは一瞬、走り寄っては来たけれど、威嚇したりはしなかった。

「仔《こ》ネコっていうよりはちょっと大きくなっているけど、かわいい」

「生まれたばかりの仔ネコっていうのは、憎たらしいほどかわいいからね」

ママはすたすたと公園を出ていったので、アキコはあわてて後を追った。ずっとここにいたかったけれど、そうもできないので仕方がない。

ママの後ろ姿を見ながら、どうしてここに連れてきてくれたのかなと思った。ママにはたろが亡くなったことは直接、話をしていなかったけれど、しまちゃんが話をしたかもしれない。でも彼女はべらべらと余計なことを話すような子ではないから、ママが勘づいたのかもしれない。かわいがっていたたろが急死したアキコの心中を察して、わざわざ遠回りをしてここに連れてきてくれたのだろうか。それともアキコがネコが好きだからと知って連れてきてくれた、ただの偶然か。でも知らないとしたら、たろのことを元気にしているかと聞くのではないか。しかしママさんが一切、たろのことを聞かないところをみると、たろの死を知っているのではないかとアキコは感じた。

(ありがとうございます)

アキコはママの背中に向かって御礼をいった。

たろがいない悲しみは、アキコの室内での日常生活に組み込まれているので、それ以外の場所ではただひたすら我慢である。アキコはたろの広がった鼻の穴や、まん丸いむっくりとした両手を思い出しながら、泣かないようにママの後をついていった。

道路を渡り、ママの家に戻った。

「ご苦労様でした。おやつの準備をするから、その間、部屋の中を探検でもしてて」

「えっ、いいんですか」

「興味があればね。あたしはどこを見られても平気なようにしてるから」

ママがちょっと胸を張ったようにみえた。

「そういうのってアメリカ式なんでしょ。昔、アメリカ人の家に遊びに行ったら、全部の部屋を案内して見せてくれてびっくりしたことがあったわ。日本人はああいうことはしないね」

そういわれても、はいそうですかと、閉まっているドアを開ける勇気はない。アキコははじめてこの部屋に足を踏み入れたときと同じように、ママのご贔屓さんの趣味の本が置かれている棚の前にしゃがみこんだ。

本を眺めているアキコの鼻に、うっとりするようなコーヒーを淹れる香りが漂ってきた。でもちょっとママの店の匂いとは違う。それでも脳が昂揚《こうよう》するような落ち着くような、どちらにせよ体内に入れたいと強烈に感じる香りであるのは同じだった。ほどなくいい香りを放っているコーヒーが美しいカップに入れられ、大きめにカットされたシフォンケーキと共に運ばれてきた。アキコは思わず、

「わあ」

と声を上げてしまった。いい香りのコーヒー、ふわふわっとしたシフォンケーキだけでもテンションが上がるのに、使われている食器がまた素晴らしい。

「どうぞ、召し上がれ」

「おいしそう。器も素敵ですね。これ、セーブルですね」

「あら、わかった?」

ママはうれしそうに笑った。

「勧めているとき、各国の料理好きの奥さんに、それぞれの国の料理を紹介してもらう本

を作ったんですけど、フランス人のお金持ちの奥様が、家でセーブルを使っていらして、写真を撮影したことがあります」

「あたしのは古いのよ。二組しかないの。例のご贔屓が自分とあたしのためにって、プレゼントしてくれたのよ」

「まあ、豪華ですね」

「仕事の関係で手に入ったからじゃないの。でもその人、胃が悪くなって、お医者さんからコーヒーを飲むのを止められちゃって。そのカップに白湯《さゆ》をいれて飲んでたわ」

どこまで話の内容を突っ込んでいいのやらとまた迷いつつ、とりあえず目の前にある、食事をしたばかりなのに、思わずよだれが出てしまう、コーヒーとケーキに手をつけた。

コーヒーはひと口飲むと、ふわっとした香りが鼻の奥に広がり、それがすっと頭の上半分にのぼっていく。肩のあたりがふっと緩んでいくような気がした。

「ああ、おいしい」

ため息まじりに声を出すと、ママもシフォンケーキに手を伸ばした。

「うん、よく焼けてるね」

「これもママが焼いたんですか」

「そう。簡単だから」

「シフォンケーキは難しいですよ。固くメレンゲを立てるのも、生地とまぜるのも」

「うーん、でも作り方の通りにやると、作れるけどね」

「でも上手に作るのは大変ですよ。特にシフォンケーキはすぐにしぼんでしまうし。お菓子ほど『適当』で作れないものはないですよね」

　そういいながらアキコは、だからこそママはシフォンケーキを焼くのが上手なのかもしれないと考えた。

「うん、よくできた」

　ママは満足そうに何度もうなずいていた。

「ママは何でもできるんですね」

　アキコはセーブルのコーヒーカップを手に、正直な気持ちを告げた。

「えっ、やだ、何いってんの。そんなことないよ。ない、ない」

「でも……、飲食店って特に最近は浮き沈みが激しいじゃないですか。商店街でも入れ替わりが激しいし。そんななかで私が小さいときから、ずーっとグレードを保ちながら、お店を続けているなんて、すごいことですよ」

「そんなことないってば！　やだね、この子は」

　褒め言葉を聞きたくないと拒否されたので、アキコは黙るしかなかった。しばらく二人が使うシルバーのフォークや、カップをソーサーに置く、かちりとした音だけが聞こえてきた。アキコはずどっと切られた会話の糸口を探そうとあせっていた。

「ママは、うちの母について何か聞いたことはありますか。噂《うわさ》とか」

ママは顔を上げ、「ん？」という表情になった。

「噂？」

アキコは黙ってうなずいた。

「噂っていうか……。今は違うんだろうけど、あたしたちの時代はさ、女が一人で店をやるっていったら、訳ありに決まってたのよ。おめかけさんだの何だの、あることないこといわれてさ。あたしもカヨさんと同じように一人で店をやってたっていうこともあるけど、悪いけどそれほど興味がなかったね」

「そうですか」

「でもアキちゃんがいい子でかわいくてさ。それがいいなとは思った」

「いい子だなんて……、そんな。私は……母の店がきらいでしたから」

はじめて正直に他人に母の店がきらいといってしまった。

「そのいい子っていうのが、何だかいじらしくてさ。見てて辛《つら》いときもあったね」

勉強ができて礼儀正しく、絵に描いたような優等生でいるのが、かわいそうだったとママはいった。アキコは当時、自分の立場がかわいそうだという気持ちはまったく持っていなかった。ただ勉強もして礼儀正しくしておけば、母からあれこれ文句をいわれないだろうと、目論《もくろ》んではいたけれど。

「腹黒い子供だったんですよ、私は」

「子供はだいたい腹黒いものなんじゃないの。あたしは育てたことがないからわかんないけど」

ママは、ははははと笑った。

「ママは最初からホステスをなさっていたんですか」

彼女の顔が和んだ隙《すき》を突いて、アキコは気になっていたことを聞いた。

「あたしはね、下町の高校を卒業して、家具店に勤めて事務員をしてた」

「はあ、そうなんですか」

驚いていたら、私だって高校生のときはあったんだよといわれた。たしかにそうだろうけれど想像できない。

「勤めて半年くらい経《た》ったときかな、父親が自動車事故で亡くなって。母親は専業主婦だし、私が父親がわりになったわけ。そのうえ妹二人のうち真ん中の中学生のほうが重い病気になって、治療費もかかるっていうので、十九歳で夜の商売に入ったんだね」

娘が水商売に入ると知ったら、多くの親は落胆したり、引き留めたりするものだが、ママのお母さんは、こんな娘でも引き受けてくれるところがあればと賛成したという。

「興味のない職業だったし、二十歳前なのにいいのかなって思ってたけど、お給料が格段によかったからね。あの頃は今みたいに厳しくないから、地方から上京してきたちょっと美人な子は、たいがい歳《とし》をごまかして働いてたのよ。煙草《タバコ》も酒も平気だったね。売れっ子じゃなくても、お客さんの横に座っているだけで、チップやお給料がどんどん入ってくるんだもの。でも生活は質素だったよ。御飯と味噌汁《みそしる》を食べて実家から通ってるんだもの。そんなんじゃパトロンだってつくわけないよ」

ママは自分が美人じゃないので、他の売れっ子のホステスさんの敵にならなくて済んだのだという。

「ちょっとかわいい子は大変だったよ。いじめもあったしね。人気が出た子はロッカーに置いてあるドレスをハサミで切られちゃったり、靴を捨てられたりしたね。でもあたしがナンバーワンのホステスの時間つなぎで、彼女のお客さんの横に座っていても、なーんにもいわれなかった。お客さんがあたしになびくはずはないって、彼女たちも自信があったんだろうね。用事をいつかっても、文句もいわずにくるくる働いてたから、かわいがってもらって。『いつも悪いわね』なんてきれいな缶に入った舶来のクッキーなんてもらったりして、それを持って帰って家族でちゃぶ台で食べたりしたね」

「でもママさんのご贔屓さんもいらしたんですよね」

「ふん、ただの変わり者だよ」

ママは笑った。

「そんなことないですよ。やっぱりママの魅力が……」

「魅力ねえ。あたしにはわからないね。ただ仕事は一生懸命やったけどね。嫌なことがあってもこっちは使われている身だし、妹の治療費もあるからさ。ぐっと堪《こら》えてにこにこ笑ってさ。でもあたしのご贔屓さんには、『お前、我慢してただろ』ってすべて見透かされてたわ。それでころっといっちゃったのかねえ、あたしも……」

ママは頭を搔《か》いた。その姿がどこかかわいらしくて、アキコはくすっと笑った。

「何よ」

「いえ、あの、ママさん、かわいいなって思って」

「やだよ、何いってんの」

口ではそういいながら、それほどでもないようなふうなのが、またかわいらしかった。

二十二歳のときから例の「ご贔屓」さんができて、いつも指名してくれるようになった。彼は当時六十歳で、ママの亡くなった父親より年上だった。

「あたしはまだ実家から通ってたからね。生活費なんかもらわなかった。洋服や靴やバッグは買ってもらったけどね。でも月に二度、老舗の鰻屋《うなぎや》からうちに、特上の鰻重が届くんだよね。そのときは妹も病院から戻って来られる日もあったからさ。それをあたしから聞いて届けてくれるわけ。あれはありがたかったな。母も『ねえちゃんのおかげだねえ』なんていって。きっとどういう訳でそうなってるか、わかっていたはずだけどね」

その彼も二年ほどで亡くなった。

「売れっ子ホステスさんはさ、順番待ちのお客さんがいるけど、あたしなんかにはいないわけ。変わり者はたくさんいないのよ。指名料は入らないし、あとは酒を飲んで店の売り上げを上げるしかないから、飲んでるうちに肝臓を悪くしてね。それで夜の商売はやめた。妹もあたしが入院してる間に死んじゃったしね。もしかして何か悟ったのかなって。胸が痛かったね、あのときは」

ママはぼーっと部屋の壁を見つめていた。

「突然、亡くなられるって辛いですよね」

「ああ、あっけないね。心に大きな穴が開くっていうのは、大げさじゃなくて本当だね」

二人はしばらく黙ってケーキを食べ、コーヒーを飲んだ。

「本当においしい」

アキコはしみじみといった。

「そう、それはよかった」

しっとりしていてふわふわしていて、シフォンケーキのお手本みたいな出来上がりだった。

「私、いつまでお店ができるかなって、最近特に思うんです。開店当初に比べて、お客さんの数も落ち着いてきたし。だからいろいろと考えはじめたのかもしれないんですけど」

「はあ？　アキちゃん、あんたまだ店をはじめて五年も十年も経ったわけじゃないでしょうよ。何いってんの、だめだよそんなことを考えちゃ。考えること自体、だめ！」

「あ、……そうですか……」

「そうだよ。甘えだよ、それは」

「す、すみません」

アキコはソファの上で体を縮めた。

「それはね、あたしくらいの年齢になって、はじめて考えるものなんだよ」

ママの下の妹さんは結婚して何だかんだあっても、幸せに暮らしているし、自分一人だけの問題だからいつやめてもいいんだけど……とだんだん小声になった。

「だめですよ。ママがお店に出なくなっても、誰か引き継ぐっていうことはできないんですか」

「あたしがそんなことできると思う？」

ママさんは静かにいった。昔は店をやりたいと志願してくる人がいて、何人か雇ったことがあったが、まだ中途半端でろくにおいしいコーヒーが淹れられないのに、店に来なくなる。そして噂で店を開いたと聞いたりした。

「挨拶《あいさつ》もなく後足で砂をかけるような人間が淹れるコーヒーなんて、まともなわけはないよ。作っている人間がまともだったら、まともなものができるんだよ。あたしは病気が治ってからは酒も煙草もやめて、喫茶店でコーヒー修業だったね。ホステス時代は罵倒されることなんてなかったけど、今度は毎日、マスターから罵詈雑言の連続だったからね。男に甘えもしないし、かわいげが一切ないから仕方ないけどさ。今の人は我慢しなさすぎ。自分の能力を過信している輩《やから》が多すぎるね」

それからは店を出したい人はすべて断り、単純にお手伝いのアルバイトの女の子しか雇わなくなったのだった。

「それでさえ、立ち居振る舞いの指導が大変だから」

アキコはスキップしながら出前から戻ってきた、ママの店の女の子の姿を思い出した。

「私はぼっと仕事をはじめてしまって。明らかに根性はなってないです」

「うーん、まあ、そういやあ、そうだ」

中途半端にフォローされないのが、かえって気持ちがいい。

「でもしまちゃんもいるし、責任があるんです」

ママはじーっとアキコの顔を穴が開くほど見つめている。

「で？」

「は？」

「わかってるじゃないの、責任があるって。店で働いてくれている人にもお金を払って下さるお客さんに対しても責任がある。それだけよ。あとは答えはひとつでしょ」

「ああ、はい……」

「アキちゃんの店は大丈夫なんて、軽々しくはいえないけどさ。体を動かしてまじめにやっていれば、何とかなるもんだよ。あたしがいえるのは、それだけだな」

ママはアキコのコーヒーカップに目をやると、さっと立ち上がってキッチンに入っていった。また体の中に溜《た》まっていた重い空気が、ふっと体の外に出て来るような、コーヒーのいい香りが漂ってきた。

「お店のコーヒーの香りもいいけれど、また違う香りのような感じがしますね」

「豆は同じなんだけどね。店では煙草を吸うお客さんも多いから、それが空気とまじって違うふうに感じるんじゃないの」

アキコはママの部屋で淹れてもらったコーヒーの香りが好きだった。単純にいい香りというのではなく、どこか重みがある深い香りがした。

「ママの人生の香りでしょうか」

二杯目のコーヒーを飲みながら、アキコがそういうと、

「はあ?」

とママはきょとんとした顔をした。そして、

「ふざけるんじゃないよ、まったく。本当にいやな子だね」

とアキコから目をそらせて、恥ずかしそうに皿の上に残ったケーキを口の中に入れた。

4

アキコはママの家に行き一緒に食事をしたことは、しまちゃんには話さなかった。自分だけの秘密というわけでもなく、プライベートな話なので、特に自分からは話す必要もないと思ったからだった。しまちゃんも他人の行動に興味を持ったり、あれこれ詮索《せんさく》するタイプでもないし、必要のない話はしなくてもいいとアキコは考えていた。

しまちゃんとの日常は相変わらずだ。男の子のような格好で、毎朝、やってくる。後頭部の寝癖を見るたび、

(女の子なのになあ)

と思うのだけど、それをふくめてチャーミングな人だ。最近は仕入れ先でも、しまちゃんは人気者で、アキコは、

「いい人が来てくれてよかったね。二人でやってるのにさ、その一人が使えなかったら最悪だものね。簡単にクビにもできないし」

といわれたりする。しまちゃんは、

「あ、はあ」

と体を縮めて恐縮して、ぺこりと頭を下げるだけだ。

「本当に助かってるんですよ。しまちゃんが来てくれなかったら、もう潰《つぶ》れているかもしれないから」

アキコが笑うと、ますますしまちゃんは恐縮して、顔が赤くなってくる。

「そ、そんなことは……ないです……」

特におしゃべりになったわけでもなく、必要以上に愛想を振りまくようになったわけでもなく、採用面接の場に来たときと全然変わらない純朴さで、しまちゃんはみんなに好ましく受け入れられていた。

「しまちゃんはまだ若いじゃない。これからどうしようって考えてるの」

スープ用の仕込みの玉ねぎを切りながらアキコは聞いた。店で使っているのは、切っても涙が出ないような軟弱なものではなく、しっかりと涙を出させてくれるような、力強い玉ねぎだ。なので自分の気持ちとは裏腹に、目に涙をいっぱい浮かべてしばらくの間、過ごすようになる。

「今のところ、特に何も。ここでお世話になってから、何でもできるわけでもないし、失敗ばかりで……。まだまだ勉強中です。将来についてはそれからです」

「あら、失敗なんかしたっけ？　覚えてないけど。歳のせいで忘れちゃったのかしら」

アキコが首をかしげると、

「いえ、あの、その、結構たくさん……」

としまちゃんはカメのように首をすくめた。

「ええっ、そうだっけ。たとえばどんなことやっちゃった？」

「オーダーを受けて、メモに書いたのにそれをどのお客様にいわれたのか、急にわからなくなっちゃって。どういうわけか仕事をしながら、一瞬、頭が真っ白になっちゃったんです」

「でも、ちゃんとオーダーを通して、お客様にも迷惑がかからなかったんでしょう」

「はい。どうしよう、失礼だけど聞くしかないなと思いながら、トレイを持っていったら、そのうちのお一人が、『あ、私のベーグルが来た』っていってくださったので、ものすごく救われました」

アキコは、

「よかったわねえ」

と涙目で笑うしかなかった。アキコはしまちゃんに、

「小さい店なのだから、テーブルを間違えないのは当たり前。定食のようなメニューしかないし、複数のトレイを持っていったときに、たとえば、バゲットサンドはどちらですかなどと聞くのは、その程度の注文も記憶できない証拠になってしまうので、大変失礼にな

るのよ」

と話していた。これまで何も問題はなかったので、気にも留めていなかったけれど、実は結構、あぶなかったらしい。

「他には何かありましたか」

「満席になったとき、オーダーをとってメモを見たら、テーブル番号を書くのを忘れてしまって。思い出すのに必死になったことも、何度かあります」

「あら、衝撃の告白ね」

「そのつど私のほうから報告すればよかったんですけど。何事もなくてほっとしてしまったもので。本当にすみません」

しまちゃんは深々と頭を下げた。

「謝らなくていいわよ。途中はあぶなかったけれど、結局、問題は起きなかったんだものね。私も毎日、店を閉める前に、何かあったかを確認すればよかったわね。見えないしまちゃんの心のトラブルも確認しなくちゃいけなかったのね。自分が失敗したことを口にすれば、自分も気をつけるし、それにすっきりするでしょう。ああ、失敗しちゃったとずっと考え続けているのって、いやよね。私も気がつかなかったな。ごめんね」

「と、とんでもない。というか、こんなこともできない自分が情けなかったです。小学生でもちゃんとやるんじゃないかなって」

「人は誰でもミスをするしね。それは仕方がないわよ」

アキコは反省した。きっとしまちゃんは口には出さないけれど、どきどきしながら仕事をしていたに違いない。これからは毎日、店を閉める前に、

「今日は何かありましたか」

と振り返るようにしようと決めた。それをしまちゃんに伝えると、

「わかりました。報告をするようなミスがないようにがんばります」

と頭を下げた。

「よろしくお願いします」

二人は涙目のまま、向かい合ってお辞儀をし、仕込みを続けた。

スープもほぼ出来上がり、食パン、バゲット、ベーグル、リュスティックの在庫も確認した。最盛期よりは客数が減っているので、ああ、足りないっとあせる必要がなくなり、落ち着いていられるのがうれしい。お客様が大勢来てくれるのはありがたいけれど、こんな小さな店ではそれも良し悪しだ。

食器も確認し、アキコが棚を目でチェックをしていると、背中に視線を感じた。振り返るとママが窓に顔を押しつけるようにして、無表情でこちらを見ている。

(どうして、おはようって入ってこないのかしら。ママさんも変わらないわ)

笑いをこらえながら、ドアを開けて挨拶をし、

「昨日はありがとうございました。とても楽しかったです」

と礼をいった。ママは怒ったような照れくさそうな顔で、

「ああ、それはね。うん、いいの、もういいの。どう、調子は」

まだ店を開けていないのだから、調子も何もないのであるが、アキコは、

「はい、いつもと同じです」

と答えた。

「あ、いつもと同じね。そうなの。それは結構」

通勤着ではなく店用の服に着替えているママは、自分の店に入っていった。アキコを家に招いたというのに、べたべたしてこないところがママらしい。喫茶店のほうが開店時間が早いから、すでにお客さんも店内にいることだろう。

その日はいつになく客数が少なかった。珍しいわねと、しまちゃんにいいそうになって、アキコはふっと口をつぐんだ。これは珍しいんじゃなくて、これからはこれが普通になっていくかもしれない。

アキコが出版社に勤めているとき、それまでコンスタントに売れていたのに、気がつくと、あれっというくらい売れ行きが落ち込んだ本が出てきた。どんなものでも永遠に売れるものなどはないのだが、その気配すら感じ取れなかった。営業部から売れ行きリストがまわってきたのを見て、あれっと思ったときは、すでに遅かったのだ。内容はとてもよい

本ではあったが、アキコの希望とは裏腹に、書店の店頭に置いておいても売れないので返品されて在庫が増え、その在庫は動くことはなかった。もっとその気配を感じ取っていれば、営業、広告担当者と相談してフェアを企画し、もう少し何とかできたかもしれなかったと悔やんだ。

現実は常に変化している。お客様がたくさん来てくれた、みんなが喜んでくれた、たしかにそれは夢ではなくて、現実にあったけれど、それが今日、明日、明後日と続く保証はない。今日のことは今日しかない。また明日はどうなるかしらと悩むのも無駄だ。それは明日にならないとわからないし、取り越し苦労をする分、自分のなかのマイナス度が増えるような気がする。毎日、今日すべきことを、きちんとこなすしかないのだ。

「今日はお客様が少なかったですね」

しまちゃんがぽつりといった。言葉の裏に何の含みもない、本当にぽつりと口から言葉が落ちたようだった。

「そうね。こういう日もあるわね」

「雨が降り出しそうだったからでしょうか。昨日よりもちょっと肌寒いし。給料日前でもあるし」

しまちゃんは納得できる理由を、一生懸命に見つけ出そうとしている。

「理由はわからないわよね。お店って不思議よね。わーっとお客様が集中したり、一方でさーっといなくなったり。コンスタントにお客様がいらっしゃらないっていうのは、本当に不思議だわ。波があるのね」

なるべくしまちゃんを心配させないように、アキコは明るく声をかけた。

「そうですね。コンビニでもそうでした。お客さんが集中して、ものすごく大変だったのに、十分後は店に誰もいなくなったりして」

彼女がうなずいてくれたので、アキコはほっとした。

二人で本日分のパンの在庫を確認していると、一人のがっしりとした体格の若い男性が入ってきた。スーツ姿で鞄《かばん》を提《さ》げている。

「いらっしゃいませ」

しまちゃんがオーダーを取りに行った。はじめてのお客様だ。自由業風の男性がくることはあるが、きっちりとスーツを着たサラリーマンタイプが一人で店に入ってくるのは珍しい。

「食パンのチキンサンドでミネストローネです」

「はい」

これで食パンの在庫はなくなった。いつもはいちばん最後まで残るのに、今日は珍しいなあと思いながら、アキコは手早くサンドイッチを作り、付け合わせを器に盛りつけて、

「お願いします」

としまちゃんに後をまかせた。しまちゃんは慣れた手つきでトレイの上に器を並べ、彼のテーブルに持っていった。

「このお店は静かですね」

「ああ、そうですね。今日は」

「いつもはそうじゃないんですか」

「ええ。今日は珍しいです」

「でも静かなほうが、僕にはよかったです」

「そうですか。どうぞ、ごゆっくり」

しまちゃんもあのような応対ができるようになったのだなあと、アキコは母のような気持ちで彼女を見ていた。最初は棒きれが突っ立っているだけのようだったのが、押しつけがましくなく、妙に親しげでもなく、それでも優しい雰囲気でお客様と接している。人と接する仕事が好きという人よりも、しまちゃんみたいなタイプのほうが、やっぱりこの店には合っているなあと、あらためてしまちゃんと出会った不思議な縁を感じていた。

男性は豪快にサンドイッチをわしわしと食べている。彼が店内に入ってから、一度も携帯電話を取り出さないのも、見慣れない光景だった。他のことには目を奪われず、ただひたすら、目の前のサンドイッチとスープをくらう、といった感じだ。店内で食事をしているのが女性のお客様だけだったら、きっと入りにくくて他のお店に行ってしまっただろう。

まるで彼のために、他のお客様が時間をずらしてくれたのかもと、アキコは食器を洗いながら、あれこれ想像して楽しんでいた。

「ごちそうさまでしたっ」

びっくりするくらい大きな声が店内に響き、アキコとしまちゃんの体が、一瞬、びくっと動いた。

「あ、す、すみません」

申し訳なさそうに、彼は大きな体を折り曲げるようにして謝った。

「いいえ、大丈夫ですよ。ちょうど眠くなってきたところだったので、いい刺激になりました」

アキコが笑うと彼は、支払いをしながら、

「会社でもお前は無駄に声がでかいと叱《しか》られます」

と恥ずかしそうにしている。

「若いんだから、何をいっているんだかわからないような小さな声より、大きな声のほうがいいですよ」

「はあ、でも上司や同僚から、『お前の取り柄は声だけだな』なんていわれちゃって」

「あらー」

思わず声が出てしまったしまちゃんが、今度は、顔を真っ赤にして、

「すみません」

と体を縮めて彼に謝った。アキコは思わず彼に声をかけた。

「そんなふうにいわれるなんて、みんなに好かれている証拠じゃないですか。嫌いな人にそんなことといわないもの」

「そうでしょうか」

「そうですよ。人に好かれるのは、やっぱり社会のなかで必要だと思いますよ。いいじゃないですか失敗しても。若い人は失敗なんて、たくさんするものですよ。上司もそれは理解してくれているでしょう」

「ああ、そうですねえ。うーん」

彼は、でも同僚はそうではないという話をした。とにかく失敗だけはしないように、綿密に様々な状況をシミュレーションして、まるで舞台稽古《げいこ》みたいなのだという。

「舞台稽古？」

アキコは聞き返した。

「そうなんです。たとえば取引先から、こういわれたらこう返答する、この場合はこうって、会う前にシナリオを作っていくんです。その範囲内で打ち合わせが済んだら楽勝っていうわけです」

「でも何が起こるかわからないでしょう。そのときはどうなるの」

「その場でパニックになっちゃうんです。急にしどろもどろになって、どうしていいかわからなくなって」

「ええっ、それは大変だわ」

「それがあの『想定内、想定外』っていう、あれじゃないですか」

しまちゃんが小声でいった。

「ああ。なるほどね」

そういえば会社をやめる直前、部下が会議で饒舌《じょうぜつ》に話していると思っていたところ、局長から一か所だめ出しがあり、それについての意見を求められた瞬間、それまでとはまったく違い、絶句した後、明らかに動揺していた姿を見たことがあった。さっきまで堂々と話していたのに、汗を拭《ふ》きながらしどろもどろになったので、どうしてあんなに落ち着きがなくなったのだろうと、不思議に感じたのだった。今やっとその原因がわかった。

「何があるか予測ができないのが、当たり前なのにねえ」

「はい、でもみんな脳内シミュレーションしてますよ」

「あなたはどうなの」

「僕は、事前に何も考えないので、行き当たりばったりです。それで上司に怒られたりもするんですけど」

「何て怒られるの」

「先方に厳しい条件を出されたときに、思わず小声で『あちゃー』なんていったりして、先輩に脇腹をド突かれたことが何度もあります」

「あちゃーはまずいわねえ」

「はい、まずかったっす。それからは口から出そうになると、飲み込むようにしてます」

彼は恥ずかしそうに笑った。こういう青年を採用した会社は、なかなか太っ腹ではないかと感心した。

「とてもおいしかったです。ありがとうございました」

「そうですか。ありがとうございます。またお近くにいらしたら寄ってくださいね」

「はい、それじゃ」

彼は気持ちのいいお辞儀をして店を出ていった。

「懐かしい」

しまちゃんがトレイを下げながらつぶやいた。

「懐かしい？」

「ああいうタイプの男の人、うちの近所には何人もいました」

「漁師さん？」

「そうです。おじさんたちからは、『お前またやらかしたのかっ』って、怒鳴られたりげんこつをもらったりするんですけど、憎めなくてみんなに好かれてるんですよ」

「最初はそうでも、失敗して叱られて立派な漁師さんになるんでしょ。おじさんたちも若い頃は、同じようにおじさんたちに叱られたのよね。若い人が叱られるのって、恥ずかしいことでも何でもないのに」

アキコにも部下が増えてきた頃、会社から新入社員の叱り方という書類がこっそりまわってきた。最近の若者は人前で叱ると、精神的にひどいダメージを受けるので、別室で単独で叱るようにというお達しだった。それを見てはじめて、自分とは人種が違う若い人たちが入社してきたのを知ったのだった。

「しまちゃんは、そういう意味では今風じゃないわね」

片づけも店じまいモードに入った。

「私はめっちゃくちゃ打たれてますから。あ、あの、ソフトボールのピッチャーでっていう意味じゃない……、っていっても打たれたからレギュラーになれなかったんですけど」

「わかってるわよ」

アキコは噴き出した。

「あ、すみません。特に強豪校の部活なんかに入っちゃうと、できて当たり前なので、褒められることなんて全然ないんです。何もいわれないと、かえって調子が出なくなっちゃうくらいになるんです。だからバイトをしてそこの上司や店長に、ありがとうっていわれたときには本当に驚きました」

「でも自分ががんばっているときに、褒められないのって辛くなかった」

「うーん、みんな褒められてないですからね。それが当たり前になっちゃってるんです。ただ家族は、『あれこれいわれても、元気で毎日飯が食えてれば、それでいいじゃないか』っていってました」

「御飯は毎日おいしかったんだ」

「はい、食べ過ぎてました」

彼もしまちゃんも都会では貴重な人材なのかもしれない。

「今日はこれで終わりにしましょうか」

それを聞いたしまちゃんは、店の外に置いてある、お品書きの黒板を店内に入れた。

「今日は何かありましたか」

新しく導入された反省の時間である。しまちゃんは真顔で考え、

「特に問題はなかったと思います」

という。

「わかりました。無事に一日、終わってよかったですね。明日もまたよろしくお願いしますね」

「よろしくお願いします」

残ったパンの半分をしまちゃんに渡すと、彼女はいつものきっちりしたお辞儀をして帰

っていった。

外のシャッターを下ろしかけていると、ママが店から出てきた。

「あら、もう閉めちゃうの」

「はい、今日は」

「今日は、じゃなくていつもでしょう」

「ふふっ、そうでした」

「うちのお嬢さんがさ、やめちゃうのよ。今月で」

今月といってもあと一週間しかない。

「ずいぶん急ですね」

「そうなのよ。前から、やめるときは早めにいってねって、いってたのに、お嬢さんの感覚では早めにいったつもりなんですってさ」

「私たちの感覚では、最低でもひと月前ですけどねえ」

「でしょう。もうついていけないわ」

ママさんは腕組みをして仁王立ちになり、はあっと短く息を吐き出した。

「どうなさるんですか」

「どうもこうもねえ。もうあたし一人でやっていってもいいかなって思ってるの。常連さんばかりだし、出前の注文がきたら、お客さんに留守番を頼むか、鍵《かぎ》をかけて出ればいいしね。あれこれ人のことで悩むのがきつくなってきたのよ。男の子みたいな女の子のような、アキちゃんのところの娘さんみたいな心延《こころば》えで、もうちょっとくんにゃりした感じの子が来てくれるといいんだけどね。そううまくはいかないね。店を出すよりもいい従業員を探すほうが大変だ。それじゃあ」

ママはまたいいたいことだけをいって、店に戻っていった。アキコは自分に愚痴をいってくれたのがうれしかった。きっとママは常連さんには、アルバイトの女の子の悪口はいっていないはずだ。それくらいのけじめはきちんと持っている人に違いない。でも我慢にも限度があるので、発散しなくてはならない。そのガス抜き相手が自分なのだ。何の役にも立たないけれど、話を聞くのはできる。母の愚痴を聞くのは死ぬほどいやだったのに、ママの愚痴が素直に聞けるのは不思議だった。

部屋のドアを開けて、むくっとしたたろが走り寄ってこないことに、まだ慣れない。

「やっぱり……いない……」

姿が見えなくても、ここにいると思っているのに、やはりあのぷっくりとした姿が見えないのは悲しい。仕事中はまったく思い出さない分、部屋に戻った瞬間のこの辛さは、たろが亡くなってから、毎日、味わっている。いつになっても昨日と同じである。少しは気持ちを前に進めなければとは思うのだけれど、ああ、この角度だと部屋のあのあたりでいつも寝ているお尻が見えたとか、台所でこうやっていると、足に体をすり寄せて御飯をねだってきたとか、あまりに待たせると、怒って部屋中をどすどすと音を立てて走り回っていたとか、当たり前だった光景が今はすべてなくなってしまった。

「ごめんね。もっと気をつけてあげればよかった」

アキコの人生の最大のミスは、老ネコでもなかったたろを死なせてしまったことと、心に刻みつけていた。そしてまた涙である。ずいぶん泣いたのに次から次へと出てくる。たろを思い出して泣くのは、生活のローテーションに組み込まれているとはいうものの、いくら我慢をしても、やめようとしても、自分ではどうしようもできなかった。

少し気分転換をしようと、アキコは着替えて散歩に出かけた。駅周辺は、これから夜遊びをする若い人たちの待ち合わせで、混雑している。ライブハウスも多いので、ビルの地下に通じる階段にも、たくさんの若者が座り込んでいる。もしかしたら昼間よりも盛り上がるであろう商店街のなかで、すでに自分の店を閉店してしまっているのが、自分らしくていいと思いながら、アキコは歩いていた。「お食事処　カヨ」の常連さんだった人たちの、現在のたまり場になっている小料理屋の前を抜け、道路を渡ってしばらく歩くと、住宅地になる。足の向くままに歩いていると、頭の中にあった景色とはまったく違っていて、驚くほどだ。平屋が二世帯住宅に建て替えられ、なかにはいつの間にかマンションになっているお宅もあった。その地域は昔からお屋敷の多い一角として有名だったけれど、そこに四棟も五棟も、縦長の建売住宅が建っていて、それぞれのドアの前には三輪車やキックボードが置いてあったりする。外装も黄色、オレンジ、ピンクなど、派手な色彩の家も多くなった。その隣の昭和の瓦《かわら》屋根の木造住宅とはまったく異質なものが建っている。窓から漏れる建売住宅のLED電球の青白い光と、木造住宅の窓ガラスからぼうっと見えた、黄色い電球の光が対照的だ。

そんな地域に、二十坪ほどの小さな公園ができていた。公園といっても敷地内を取り囲むように花壇があり、子供が背中に乗れる、象が飛んでいる姿の乗り物がひとつ設置され、ベンチが二脚ほど置いてあるだけだ。花壇脇のプレートを見たら、所有者から自治体に土地を寄贈されたので、公園にしたとある。相続する人がいないために、残される敷地をこのようにしたのかもしれない。陽《ひ》が落ちると急に寒くなる冬の入口の季節の公園には誰もいない。ふだん、アキコはそんなことなどしないのに、道路沿いのコンビニまで戻って、小銭を出して温かい缶紅茶を買い、そこのベンチに座って飲みはじめた。両隣、裏手も住宅が建っている。三方向からそこに住んでいる人たちの気配が聞こえてくる。

「おかあさん、おかあさん、おかあさんてばあ」

「うるさいわね、何なのよ、いったい」

窓が閉まっているのに男の子と母親の大声が絶え間なく聞こえるのは左隣。右隣からはテレビ番組の音声が、結構な音量で聞こえてくる。台所の換気扇の音、金属が触れ合う音も聞こえる。裏手からは、ミスチルの曲をコピーしているらしい、若い男性の上手とはいい難い歌とギターの音。人工的な香料で香りがつけられた紅茶を飲みながらアキコが聞いていると、突然、音が聞こえなくなり、そこここから戸を閉める音がした。どの家にもそれぞれの事情があるのだ。

公園に中年男性がイヌを連れて入ってきた。アキコがベンチに座っているのを見て、一瞬、歩くのをやめた。イヌがずんずんと奥に入ろうとするのを、

「だめ、だめ。こっちに来なさい」

と小声で叱り、けげんそうな表情のイヌのリードをぐいぐいと引っ張って、出ていってしまった。あのイヌはいつもここが散歩のルートになっているのではないのか。散歩だったら私がいても、入ってくればいいのにと思いながら、彼が手ぶらだったのを思い出した。もしかしたらいつもここの花壇で用を足させていたのに、今日は私がいたからやめたのかしら。

「もし違っていたら、失礼だけどね」

アキコはそうに違いないと妄想しながら、またひとくち紅茶を飲んだ。

路地の横幅いっぱいの外車が何台も通っていく。ご近所の奥様たちが買い物にでも出かけたのだろうか。自転車、徒歩での買い物帰りなのか、スーパーマーケットのレジ袋を提げている人が目立つ。みんな家に戻って御飯を食べるのだ。

「御飯の前に、こういうものを飲んじゃいけないよね」

アキコは半分も飲んでいない、手に持った缶に目をやった。でも今日は何となく飲みたくなったのだ。いつまでもここにいると根が生えそうだったので、公園を出てまた歩きはじめた。すると怪しい一角が出現した。住宅地の端に、さっきの公園の半分くらいの広さで、雑草だらけの土地がある。もとは住居があったのを更地にしたのか、奥には庭木がたくさん植えられ、長い期間手入れをしてないものだから、それらの枝が重なり合って、お辞儀をするように垂れ下がっている。いったいどうしたのかと隅に目をやると、サーチライトのように、二個の小さな光が見えた。

(あっ)

間違いなくネコだった。アキコは腰をかがめて、

「こんばんは。どうしたの？　何かやってるの」

と声をかけながら、小さな二個のサーチライトに近づいていった。ささっと音がして、右と左に一匹ずつネコが逃げた。でもサーチライトは相変わらず動かない。

(いったい何匹いるのかしら)

それ以上近づくのはやめて、しゃがみこんで様子をうかがっていると、今度はサーチライトが四個になっていた。

(増えてる……)

アキコは急におかしくなって、くすくす笑いが止まらなくなった。すると、

「にー、にー」

と甲高い声が聞こえた。ネコに興味がない人にとっては、ネコの鳴き声などみな同じに聞こえるだろうが、実はネコによって本当に違う。その鳴き声は甘えるでもなく、警戒しすぎてもいない、

「あんた、だれ」

といっているかのような声だった。

「いつもここにいるんですか。元気にしてるんですか」

しばらくすると、また、

「にー、にー」

という声が聞こえた。甲高いけれど力強い鳴き方に、近寄られるのはいやなのかもしれないと、アキコはそこから前に進むのはやめておいた。すると次にドスの利いた声で、

「うわおあ、うわおああ」

と明らかにオスの声がした。サーチライトが二個動いたので、二匹のネコの位置関係がわかった。もしかしたらネコのデートを邪魔しているのかもしれないと、

「ごめんね。邪魔しちゃって」

と後退《あとずさ》りをしながらその場を去ろうとした。四個のサーチライトは、動くことなくずっとその場で光り続けていた。

5

お店は相変わらず、アキコとしまちゃんが雑談できるような、のんびりとした雰囲気が続いていた。アキコはそれもいいかなと思ってはみたものの、お給料を払わなければならない人がいる、責任のある身としては、

「のんびりして、いいわ」

と単純に喜んでいるわけにはいかない。

「ねえ、しまちゃん」

午後三時半、お昼のお客さんたちがいなくなって、店内が二人だけの時間が三十分を過ぎた。

「はい」

しまちゃんはアキコの顔を見た。

「このまま、ずっとお客さんが少なくなって、来なくなったら、どうしようかしら」

しまちゃんはきょとんとした表情で、アキコの顔を眺めていたが、

「うーん、そうですねえ」

　としか言葉が出てこなかった。アキコはしまちゃんから、明確な返事が返ってこないことに、内心、

（そうだよね、そんなこと聞かれたってわからないよね）

　といってしまった言葉に後悔したけれど、彼女から待ってましたとばかりに、

「こうしたほうがいいですよ」

　と的確なアドバイスが返ってこなかったことにもほっとした。

「ごめんね。変なこと聞いて」

「いえ、そんなことないです。でも、私、こういうのんびりとした時間があるのも嫌じゃないです。あっ、でもアキコさんは経営者だから、私みたいにのんきなことをいっているわけにはいかないっていうのは、わかっているんですけど……。すみません、お給料もボーナスも、上げていただいているのに」

「それはいいのよ。ちゃんと仕事をしてくれているんだもの。そんなことは気にしなくていいの」

「す、すみません」

「ごめんね。気を遣わせちゃって」

「あ、こちらこそ、本当に申し訳ないです」

最後は小声になって、しまちゃんはぺこりと頭を下げた。

二人は出入口のドアに向かって、立っていた。次から次へとお客さんが入ってきたときは、そんな暇もなかったけれど、最近は立っている時間も多くなったので、いっその間は、厨房《ちゆうぼう》で座っていてもいいかしらとも考えたのだが、ガラス戸ごしに店の人間がいるのが見えない店も、よくないのではないかと、二人で立っている習慣はずっと続いていた。

「なんだかこうやっていると、修行をしているみたいな気がするわ」

「そうですか」

「ほら、お坊さんが街中に立っていたりするでしょう。一緒にしたら失礼だけど、それに似た感じっていうか」

アキコは自分の口から「お坊さん」という言葉がするっと出てきたことにはっとした。顔も知らない、家族があったのに私の父にもなった人と、そんなところでつながっているのだろうか。今さらどうなるものでもないし、たろが亡くなったときに、話を聞いてもらった、義姉にあたる（らしい）お寺の優しい女性の姿を思い出した。口数の多くないしまちゃんは、黙って前を見据えて立っている。埃《ほこり》っぽいグラウンドでいやというほど立たされたので、快適な室内でずっと立っていることくらい、何でもないのだと、いつもいっていた。

商売をしていると、忙しかったり暇だったりと波があるものだけれど、アキコは母親が、

「店が暇だ」

　といっているのを聞いた覚えがない。昼、そして夜は特にご近所のおじさんたちの溜《た》まり場になっていたこともあり、一日中にぎわっていた。母は午後四時半頃に簡単な食事を済ませていたから、その時間帯は少し手があいたのだろう。母の店は回転は悪いけれど、常連さんのおかげで、年中、にぎわっていたのだ。メニューも多いし、冷凍、冷蔵品を多用していたから、それも可能だったけれど、そうではない、一日売り切り方式で店をはじめたアキコにとっては、店内を客でいっぱいにすることが、いちばんの目的ではなかった。

　結局、その日の客数は十組だった。それでも来てくださるのはありがたい。しまちゃんにも余ったチキンスープを分け、晩御飯として食べているとき、アキコは経営者として、あれこれ考えざるをえなくなった。コーヒー、紅茶など、ソフトドリンク類を増やせば、喫茶目当てのお客さんも増えるかもしれない。でもそうなるとママさんへの仁義を欠いてしまう。自家製パンを前に打ち出すことも、あの善良とまじめさを絵に描いたような、若いパン工房の夫婦を裏切ることになる。営業時間を延長して夜の集客を増やすという案もあるけれど、自分たちの時間が無くなるだけで、あまり効果はないような気がする。

「ふうむ」

　アキコは食べたか食べなかったかわからない晩御飯を済ませて、しばらくぼーっとするしかなかった。

「これから先、大丈夫かしら」

と心配になる日もあれば、次々と途切れずにお客さんが来てくれる日もある。

「本当に難しいわね。この頃は仕込みもどうしたらいいかわからなくなってきた」

閉店の準備をしながら、アキコはつぶやいた。

「私はおいしいスープをいただけるのがとてもうれしいので……大丈夫です」

しまちゃんは申し訳なさそうな顔で笑った。

「そうね、分けてあげられないときもあるものね」

しまちゃんは、ぼそっと話し出した。

「私が育ったのは漁師町なんで、自然を相手に生活してるわけなんです。なかには海で亡くなる人もいるんです。私も子供のときに、近所のおじさんやお兄さんのお葬式に、何回か行ったのを覚えてるんです。そのとき父親に『海に行くのって怖くないの』って聞いたら、『お前、これで生活してるんだから、行かなきゃしょうがないだろ。ただ天気が悪いのに、無理に船を出したりはしないけどな』っていうんです。こういうことが起こるんじゃないか、なんて考えたら何もできないぞって。『海に出たら一生懸命に魚を捕るだけだ』、そして『どういうわけか、悪い事ばかり考えていると、だいたいその通りになるな』なんていってました。すみません、くだらない話で」

しまちゃんは頭を何度も下げて恐縮していた。

「くだらない話じゃないわよ。命がかかってるお仕事だものね。そうね、毎日、目の前の仕事をまじめにやっていればいいんだよね。お客さんが来なくなったら、そのとき考えればいいんだものね。でも安心して。しまちゃんにはちゃんと責任を持つから」

「あ、ありがとうございます。すみません出過ぎた真似《まね》をして」

「そんなことないってば。うれしかったわ。ありがとう」

「あ、はい」

しまちゃんは体の脇に垂らしていた両手で、きゅっと自分の体をはさんだ。

「本当にソフトボール部のときの感覚がしみついちゃったのねえ」

アキコはつい笑ってしまった。

「私の人生でいちばんきつかった六年間だったので」

「そうよね、軍隊みたいなものだものね」

「はい、軍隊に入ったことはないですが、あんな感じだと思います」

アキコは笑いながら、もう取り越し苦労はやめようと考え直した。マイナスの面ばかりを考えはじめると、どうも気分も落ちてくるし、それが伝播《でんぱ》して今の状況になっているのではないかと考えはじめたら、自分の責任の大きさを思い知った。自分のマイナスになりがちな部分を、まじめで気のいいしまちゃんが、補ってくれていたのかもしれない。

「しまちゃん、しまちゃんがいなかったら、このお店も続けていけなかったかもしれないね」

「あ、いや、あ、そんなことは……ないです。私はアキコさんにいわれた通りにしかできないですから」

「それができるだけでも素晴らしいことよ」

彼女には何度御礼をいってもいい足りないくらいだ。

「あ、ありがとうございます」

しまちゃんは耳まで真っ赤にして体を縮めていた。

そうやっている間もお客さんは来なかった。そのかわり、ママさんがドアのガラスに顔を近づけてじっと中をのぞいていた。どうして中に入ってこないんでしょうかと、しまちゃんが不思議そうにいっていたが、アキコはママが遠慮している証拠なのだとわかっていた。ドアを開けるために近付いていくと、一瞬、ママさんが、小学生の「よーいどん」のときの「よーい」の手になり、逃げる体勢をとったのを見て、アキコは噴き出しそうになった。

「どうぞ」

アキコがドアを開けると、ママさんは、

「あ、どうもね。今日は暇そうだね」

といいながら、いちばんドアに近い席に座った。

「ええ、今日はって、この頃はこんな感じなんですけどね」

「ずらっと迷惑なくらいお客さんが並んだときもあったけどね。世の中の人は移り気だからねえ。また新しい店ができると、並ぶんだからねえ。まあこれで客層も落ち着いてくるわよ。うちなんか常連さんばかりでしょ。本当に店と一緒に、あたしも含めて全員年取っていってるんだから。笑っちゃうよ」

しまちゃんが水と、パン工房の若夫婦が仕入れのときにおみやげにくれた、手作りクッキーを出した。

「あら、ありがと。そうか、ここはコーヒーとか紅茶とかは出してなかったんだね。そうそう、それをやられたら、うちの店が干上がっちゃうっていったんだっけね」

「ふふ、そうです」

「あたしのコーヒーの技を教えてあげたいところだけど、まだ早いね。ああ、このクッキーおいしいねえ。うん、ちゃんと作ってある」

ママさんは満足そうにうなずいた。

「水とシンプルなクッキーだけでもさ、それ自体がおいしければ、満足できるんだよね。あれこれごちゃごちゃすれば、おいしいっていうもんじゃないんだよ。あれは素材の悪いのをごまかしてるんだね。また最近は味がわからない人が多いからさ。勘違いしてる人が多いんだよ」

ふだんは店をのぞくか、外で話すかだけなのに、珍しくママさんはのんびりしていた。

「店はね、常連さんが店番してて、お客さんが来たら呼んでくれるから。きっと来ないけどね。めぼしいお客さんはみんなもう来てるから。みんな競馬や競輪の新聞買って、予想しているから長っ尻でね。留守番してくれるから、いいんだけど」

ママさんはクッキーをおいしそうに食べ、ポケットからティッシュペーパーを出して、水とクッキーの皿がのっていた木のトレイをささっと拭《ふ》いた。

「あのさ、お客さんがいないときに、ちょこっと窓を開けて部屋の空気を抜いたほうがいいよ。それで気が変わるっていうの？　こっちの気分も変わってくるからさ。ちゃんと開けられる窓はあるんでしょ」

ママさんは厨房の奥をのぞきこんだ。

「ええ、あります」

「換気扇じゃだめなんだよね。出入口でもなくて、冬でもお客さんから見えないところをすっと開けると、何か空気の感じが違ってくるのよ。ま、あたしの勘違いかもしれないけどさ」

ママの店から岩山のような大きな男性が、こちらに向かってやってきた。体を縮めて店内をのぞき、顔が挟めるだけの幅にドアを細めに開けて、

「すみません、ママ、お客さんだよ。失礼しました」

とだけいって戻っていった。

「はあい、ありがと。あの人、元相撲取りなのよ。十両になる前にやめちゃったんだけど。競馬が好きでねえ。ごちそうさま、お邪魔さま」

ママさんは堂々と店に戻っていった。

「しまちゃん、窓、開けてくれる」

「はい、わかりました」

フロアから見えない場所にある窓を、しまちゃんが開けてくれた。商店街のなかにあるのに、外の風がさっと入ってきて、二人は思わず深呼吸をした。


定休日、ポストを見ると、不要品処分やスポーツジムの勧誘チラシと共に、エンボス加工の紙に金の蔓草《つるくさ》が描かれた封筒が入っていた。送り主は先生だった。アキコは急いで店の上の自室に戻り、はさみで丁寧に封を切った。思えばお店に来て下さってから、年賀状と暑中見舞いくらいしか連絡を取っていなかった。手紙は先生が入院した事情からはじまっていた。足の骨を折って丸ひと月入院して、二週間前に退院してきたものの、リハビリの日々だという。

「お恥ずかしい話ですが、学校の職員さんがエレベーターで階下へといってくださったのに、理事長室が最上階にあるもので到着を待てず、階段で行くからいいわといって、急いで降りたところ、転げ落ちたのです」

いくら若く美しくみえる先生とはいえ、実年齢はいたしかたない。運が悪いとそれで亡くなってしまう人もいるのだから、アキコは背筋が寒くなってきて、思わず体を震わせた。

「大丈夫といったものの、まったく大丈夫ではなく、救急車で病院に直行して、そのまま入院になってしまいました。骨折自体はひどくはなかったので、もっと早く退院できると思っていたのですが、年齢の平均よりは骨密度の数値はよかったものの、若い方よりもはるかに時間がかかってしまいました。今は家に戻り、家事は学校の方々が交替で来てくださっていて、ありがたいことに私がリハビリに専念できる状況を作ってくれています。過信は禁物と肝に銘じました」

そうか、あのどこから見ても、マイナスな部分がみじんも見当たらない先生にも、老化という体の変化が起きていたのだ。生物としての年齢からいうと、当たり前といえば当たり前なのだが、とても外見からは老いを感じられない先生の現実の話を知ると、

「あの方にもそんなことが」

とため息が出てきた。

先生は家事などは手伝ってくださっている方々がいるようだけれど、二十四時間面倒を見てくださっているわけでもないだろうし、特に夜はどんなに不自由な日々を送っていることだろうかと、心配でたまらなかった。ともかく大事に至らなくてよかったと、アキコ

はすぐにレターセットを取り出して返事を書いた。一瞬、電話にも手が伸びたけれど、たまたま電話から離れたところにいて、移動するのが大変だったら申し訳ないと思ってやめた。お手伝いできることがあったら遠慮なくおっしゃってくださいと書いたときは、つい筆圧が強くなった。書いたばかりの手紙を急いで駅前のポストに投函《とうかん》してきた。家に戻って、ふと目をやるとそこには母とたろの写真があった。たろは相変わらず、どすこいののんびりした顔つきだけれど、母の写真は、

「ちょっと、あんた」

とむっとしているように見えた。

すぐに先生から返事が来た。

「おかげさまで悪いのは右足だけで、他はいたって丈夫なのでご心配なく」

とあったので安心したが、

「こんなことまでお話ししてみっともないことですが、夜のトイレのときがちょっと困ります。壁をつたいながら、けんけんしてトイレに行っていますが、それで体が刺激を受けて覚醒するのか、今度はなかなか眠りにつけなくなり困ったものです」

と書いてあった。そうか、夜のトイレかとアキコはつぶやいた。日中は手を貸してくれる人もいるが、夜、自分一人で行かなくてはならなくなったときは、大変に違いない。あの美しい先生が、子供みたいにけんけんしながらトイレに行く姿を想像すると、チャーミ

ングで笑いがこみ上げてきたり、胸が痛くなってきたりと複雑な気持ちになった。

先生の寝室には、薄明かりが灯《とも》っている。アキコは隣の部屋で読書用スタンドだけで本を読んでいる。

「アキコさん」

という声がすると、本を閉じて先生のベッドに近付き、手をとってトイレまで連れていく。そして水が流れる音がすると、再び近付いて、ベッドまで付き添う。先生が寝付いたのを確認して、また本を読みはじめ、学校の職員が先生の朝食を作りに来たのと交替して、家に戻る。女王様に傅《かしず》く下女のように、夜のトイレだけのお手伝いでもしたかったが、現実はそうもいかなかった。店の仕入れだって仕込みだってある。先生がアキコの申し出を断るのではなく、

「何かお願いすることもあるかもしれませんが、その節はよろしくお願いします」

と書いてくれていたのがうれしかった。自分ができることなど、先生から受けた恩義からすれば何百分の一しかないけれど、少しでも恩返しできるものならしたかった。

しまちゃんに先生の状況を話すと、

「それでも他の部分に問題が起きなくてよかったですね。先生とうちの叔母と比べるのは失礼ですけど、階段から落ちたときに変にかばって、腰と手をひねったんですよね。結局、手と足は治ったんですけど、それからずっと腰の調子が悪いっていってました。腰が悪い

と何をするにも辛《つら》いらしくて」

「腰は辛いっていうわね。私が会社に勤めているときも、営業や業務の人で、つい無理をして本の入った箱を持ち上げて、ぎっくり腰になった人がいたもの。しまちゃんは若いからまだいいけれど、私も気をつけなくちゃ」

「仕入れのときの荷物は私が全部持ちますから、安心してください」

しまちゃんは拳《こぶし》を作って自分の胸を叩《たた》いた。

「本当に頼もしいわねえ。一人五役の活躍をしてくれて。ありがたいわ」

アキコが褒めるとしまちゃんは恥ずかしそうににこっと笑った。

先生とはまるで文通しているみたいになった。携帯電話に送信するにはあまりにひどいので、プリントアウトしたものにしましたと、ローズ柄のプリントのTシャツに、淡いグレーのジャージー姿で、右足を突き出している写真やら、トイレの前で困り顔をしている姿の写真が同封されていた。一緒に写っている学校の職員さんたちがみな笑っているので、みんなでふざけて撮ったらしい。アキコは先生の普段着姿を見たことがなかった。リハビリのために穿《は》いている、ジャージー姿がとても新鮮だった。髪の毛もひとつにシュシュでまとめていて、また印象が違う。きちんとした格好をしているときは素敵だけれど、普段着になったとたん、あれっと首を傾げたくなる人がいるけれど、先生はやっぱりどんな姿でも素敵だった。

先生のそんな姿を見て、アキコはほっとした。それと同時に寂しくもあった。一人暮らしの理事長が怪我《けが》をしたのだから、学校の複数の職員の人たちが、お手伝いにいくのは当然で、自分が入り込む隙間《すきま》はないみたいだ。それでも何か自分ができることはないかしらと、必死に考えてみたが、先生の役に立ちそうな事柄は思いつけなかった。

先生にはちゃんとお世話してくださる方々がいるのだから、自分がやらなくちゃならないのは、今は店のことと考えはじめると、またメニューについての悩みが出てくる。これまでも仕入れた野菜によって、毎日同じというわけにはいかなかったけれど、大幅に変更するか、少しにするか、変更しないか、結論が出せないままだった。

運よくキャンセルが二人分出て予約が取れたので、たまには二人で食事をと、ママさんが教えてくれたイタリアンレストランに、しまちゃんを誘った。ドアを開けると、男女の笑い声が聞こえてきた。アキコとしまちゃん以外の客は、近くにある会社のグループで、八時までの予約だからと、出迎えてくれた奥さんがこっそり耳打ちしてくれた。

「かわいらしくて素敵なお店ですね」

しまちゃんはお店をぐるりと見渡した。

「ここはね、ママさんが連れて来てくれたのよ」

「そうなんですか。あの厳しいママさんが気に入っているのなら、本当にちゃんとしたお店なんですね」

「ご夫婦で昼も夜もやってらっしゃるんですって。一部のハーブや野菜も作っているんですって」

「へえ、すごいですね」

チーズ、内臓もの、パスタ、ピッツァ、スープ。どれをとってもすべておいしい。カジュアルなのに味に品があるのだ。しまちゃんはうっとりするくらい、食べっぷりがよく、アキコが食べた分の二倍量をお腹《なか》に収めて、すべての皿を空にしてくれた。近所の会社のグループの客は、

「さあ、次が本番」「今日は何を歌おうかなあ」と口々にいいながら店を出ていったので、フロアはアキコとしまちゃんの二人だけになった。ドルチェは柚子《ゆず》のジェラート、チョコレートムース、アプリコットケーキの盛り合わせだ。

「このアプリコットケーキ、とてもおいしいです」

しまちゃんがご夫婦の顔をじっと見ながらいった。奥さんは、

「リンゴでも桃でも梨でもマンゴーでも作れるのよ。同じパターンでできちゃうの。意外と簡単なのよ」

という。席数が少ないとはいえ、ご夫婦だけでドルチェまですべてをまかなっているのだから、そうなのかもしれない。

「こういうドルチェも出したいなとは思うけれど、そうなるとコーヒー、紅茶が必要にな

るでしょう」

「ああ、そうですね」

しまちゃんは残念そうにうなずいた。

「そうなるとどんどん枠が広がっていっちゃうの。冷凍には頼りたくないから」

「アキコさんがそう思っているのなら、そうするべきです」

「メニューをどうしようかって、ずっと考えているの。飽《あ》きられてるんじゃないかしら」

「いつもの味っていうのもうれしいんですけれど」

「それはそうなのよね」

二人はしばらく黙って、ドルチェに集中して、エスプレッソを飲んだ。

そこへ奥さんがやってきて、二人のコップにミネラルウォーターを注いでくれた。こぢんまりとした店で、店の人に「いかがでしたか」と料理の感想を求められるのが、アキコは苦手だった。「おいしかった」としかいえないではないか。しかしこのお店は、一切、それをいわない。量については聞かれるけれど、感想を求められないのがとても居心地がいいのだ。

「こちらのお店では、やはりメニューの変更はされるのですか」

アキコは意を決して聞いてみた。奥さんはガス入りのミネラルウォーターの瓶の底を、手にしたクロスでぬぐいながら、

「ひんぱんにはしていないです。たまーにお父さんの気まぐれで、新作が登場するときもあるけど」

奥さんが厨房を振り返ると、ご主人は、

「人気のないメニューをはずしたことはありましたよ。癖の強いチーズを使ったものとかはね。うちはメニューも特別なものはないし、普通だと思うんだけど、その普通のなかでどれだけうちの店の特色を出すかっていうのが、面白いんですよね。無国籍料理っていうのも、食べるのは楽しいんだけど、僕にはできないですね。たくさんのスパイスやら食材を組み合わせられるセンスのある調理人ならできるけど。ずっとイタリアンばかりでやってきたので、どうしてもその枠からはずれられないし。選択肢の少ないなかで、自分の個性をどうやって出すかっていうほうが、やる気が起きますよ」

といった。

「お父さん、演説しちゃったわね」

奥さんは笑っている。

「まあ、何の商売でも店主がちゃんとしてれば何とかなるんですよ。何かあったときに、あたふたしてとっちらかるのがいちばんいけないね。長いことやっていれば、いいときもそうでないときもありますから」

「このお店でもありましたか」

「ありますよ」

奥さんが横から口を挟んだ。

「おいしくなくなったわけでもないのに、さーっと潮が引くみたいに、お客さんが来なくなっちゃって。びっくりしたわ。でもそのときもママさんは変わらず、ずっと来てくれたのよ」

ママさんはそういう人だと、アキコはうなずいた。

「原因は何だったんですか」

そういった瞬間、しまちゃんははっとした顔になり、

「あ、すみません、変なことを聞いてしまって」

とあわてていた。

奥さんの話によると、隣町にイタリアンレストランが開店したために、みなそちらに行っていたらしい。

「うちみたいなイタリアのおばちゃんの茶の間みたいな店じゃなくて、コンクリート打ちっ放しの、センスのいい広くてきれいなお店なの。雑誌にも大々的に紹介されてね。おまけにお店の人も若い美男美女ばかりで、それだけだったら、そりゃあみんな、あちらに行くわよねって」

ご主人は一般のお客さんにはわからないけれど、同業者の目から見て、これで大丈夫な

のかと心配になったのだそうだ。店の家賃、従業員の給料、店としてはそのすべてが料理の価格になっているわけだけど、それと料理の内容が見合わなかった。ママさんも一度偵察に行って、

「だめだね、ありゃあ」

といっていたらしい。

「足を引っ張るわけじゃなくて、若い人が頑張っているのは同業として応援したいんだけど、店の経営って本当に難しいんですよ。うちは自分のやり方でやり続けて、それでお客さんが来なくなれば、やめるしかないねっていってます。でもおかげさまで、今までやってこれましたから」

その隣町のレストランは、二年ほどで閉店したという。

「お客さんが少なくなって、三か月くらいでまた元に戻ったのかなあ。それからはあまり困ったことはなかったですね」

誰だってこの店に来たら、長居したくなるし、また訪れたくなるだろう。

「閉店するとなったら、敵は同業者でもなくお客さんでもなく、私たちの老化ですね。昔に比べたらはるかに体力がないから。いつまでできるかわからないですよ」

「そうなのよ。みっともない話だけど、二人とも肩や腰にいろんなものをぺたぺた貼《は》りつけてるの。店が終わってお風呂《ふろ》に入って、お互いにそれを貼り合うのが日課になってるの。

情けないでしょう」

「本当に仲がいいんですね」

「仕方がないんですよ。二人しかいないんだから」

四人で笑いながら雑談していると、ちょっとお洒落《しゃれ》をしたご近所らしい老夫婦が入ってきたので、ご夫婦との話はそれで終わりになった。

料理を堪能して店を出ると、しまちゃんが、

「ああいうお店があるんですね」

とちょっと興奮していた。流行とは関係なく、ご夫婦の趣味が表現されて、第一、料理がおいしいのが素晴らしいと、珍しく饒舌《じょうぜつ》になっていた。

「うちの店も、あのお店のようにみんなに愛されればいいんだけど」

アキコはその日で二度目だが、ご夫婦の話を聞いて、とうてい足元にも及ばないと身が引き締まった。

「アキコさんの店だって、そうなっていますよ。私は同じだと思います」

アキコの口調が自信なげに聞こえたのか、しまちゃんがすかさずフォローした。

「そうかな」

「ご主人もおっしゃっていたじゃないですか。店主がちゃんとしていればいいんだって。アキコさん、ちゃんとしてるじゃないですか。あ、生意気いってすみません」

しまちゃんはまた焦っている。

「そういってもらえるとうれしいわ。ご馳走《ちそう》しておいて図々しいけど、今日は素敵な晩御飯でよかったわね」

しまちゃんはにっこり笑った。そしてアパートの近くでタクシーを降りると、そこに直立し、

「ご馳走さまでした。また明日、よろしくお願いします。おやすみなさい」

と深々と頭を下げた。

「今日はありがとう。おやすみなさい」

アキコがタクシーのバックミラーを見ていると、しまちゃんは直立不動で、ずっとタクシーを見送ってくれていた。

6

店が終わるとアキコは、自分の部屋に戻って窓を開け、人出が減らない前の道路を、ぼーっと見下ろしていた。減らないというよりもむしろ増えているようにみえる。ママの店

は開いているけれど人の出入りはない。若い男の子のグループ、アキコからみれば息子くらいの年齢の子たち数人が、大声を上げながら歩いている。大声で笑い、大声で話している。服装もごく普通の大学生風だ。その不必要なほどの大声に、彼らの自分たちに注目してもらいたいという、妙な作為をアキコは感じ取った。窓から身を乗り出して、彼らを目で追っていると、突然、彼らのうちの一人が、立ち止まって両足を横に開き、

「あはははは、おもしれー」

と大声で叫びながら、腹に両手を当ててのけぞった。その漫画の一コマを真似たような、わざとらしい姿を見て、アキコは小さくため息をついて、窓を閉めた。

晩御飯は昼間、ママさんがくれた西京漬けの銀だらを焼いた。彼女は開店前にやってきて、

「おはよう、これ」

と笑いもせずに小さな包みを突き出したのだ。

「はっ」

「いただいたの。西京漬け。二人に一切れずつで悪いけどね」

「ありがとうございます。一人だとお店で見かけても、少量は買いにくくて」

「あらそう、私は平気で買っちゃうけど。盗むわけじゃなくて買うんだから、もうちょっと図々しくなってもいいいんじゃないの。西京漬けに遠慮してどうするのさ。いつまでもお

嬢ちゃんしてたら、これからのきつい世の中は渡っていけないよ」

ママは笑っているような笑っていないような微妙な表情でアキコをじっと見た。

「私にまでありがとうございます」

しまちゃんが頭を下げた。

「どういたしまして。あんた、ここに来たときから、全然、変わっていないね。そこがあんたのいいところだ。よしよし」

ママはにっと笑って去っていった。

ひんぱんに食べるものではないけれど、西京漬けはたまにふっと食べたくなる。味噌《みそ》をぬぐい、京都で買ってきた職人手作りの焼き網の上に乗せて、じっと焼き上がるのを眺めていると、味噌と酒の匂《にお》いが入りまじった香りが立ちのぼってきた。

「おいしそう……」

切り身からは、小さな泡が出てきて、じうー、じうーと音がする。ちょっと甘めのふっくらとした香りが、鼻の奥に入り込んでくる。鼻と耳が刺激されて、パブロフのイヌみたいに、アキコは網の上によだれを垂らしそうになった。レンジでチンすれば終わりという食事では、五感も何もなくなってしまうだろう。何もいわなかったけれど、しまちゃんはちゃんと料理をして食べたかなとふと思った。

「漁師町の生まれだし、きっと大丈夫」

甘い香りを漂わせて品よくたたずんでいる西京漬けを、勤めている頃に作家の陶器展で購入した、焦げ茶色の硬質な感じのする皿にのせてみた。どういうわけかその日は、土物の暖かみのある皿を使おうという気にはならなかった。自分のどこか硬くなっている気持ちを象徴しているのかもしれない。長芋の梅肉和《あ》え、青菜と油揚げと薄切りレンコンの煮浸しを作り、御飯を茶碗《ちゃわん》に盛りつけて、椅子《いす》に座ったとたん、皿の上の西京漬けを見て、体の中からぐっと悲しみがこみあげてきた。調理をしているときは何ともないのに、料理が出来上がるとこうなってしまう。

「たろちゃん……」

またたろちゃんだ。相変わらず涙は出てくる。きっとたろがいたら、焼いている最中から目を輝かせ、むっくりとした体でよいしょと立ち上がる。少しでも網の上の西京漬けに近付こうとしながら、

「ちょうだい、ちょうだい。絶対にちょーだいっ」

とわあわあ鳴いたに違いない。シンク下の扉に両手をついて支えているものの、悲しいかな重量級なので、後ろ足が支えきれなくなり、しばらくすると四本の足を床についてしまうのだが、懲りずにまた立ち上がって、

「うわあ、うわあ」

とアピールする。この世の中に見えるものは、自分にはこの西京漬けしかないというふ

うに、いつまでも目で追っている。皿をテーブルの上に載せたとたんに頭から突進してくるので、アキコは取られないように、食べる直前まで皿を手に持っていなければならない。

「たろちゃんはこのままじゃ食べられないのよ。ちょっと待っていなさい」

盛りつけも何も関係なく、アキコは箸《はし》で身を割り、味噌の効果があまり届いていないであろう、中のほうの身を取り出して、湯で洗って塩分を落とす。それを手の平に乗せてたろの口元に持っていこうとすると、たろは待ちきれなくて、大きな甘栗がくっついているような両手を、その場で踏み踏みする。

「はい、どうぞ。たくさんはあげられないから。これで我慢してね」

たろは西京漬けを乗せているアキコの手のひらに顔を突っ込み、大きな口を開けて勢いよくぱくっと食いつく。あっという間になくなってしまったので、たろは一瞬、きょとんとしているが、匂いがついているアキコの手のひらを、ざらっとした舌でいつまでも名残惜しそうに舐《な》め続けている。そしてアキコの手のひらから味がしなくなると、顔を上げて、

「何かくれよ」

といいたげに、

「わあー」

と訴えるはずだ。

アキコは椅子に座り、流れる涙をそのままにして、目の前の皿を眺めていた。きれいに

盛りつけられた切り身はそのままだ。盛りつけの見栄《みば》えが悪くなっても、ぐずぐずになっても、

「ひと口でもいいから、ちょーだい」

とねだるたろにいてほしかった。

「たろちゃん……。だめだね、いつまでもこんなことじゃ」

アキコは涙を拭《ふ》き、

「いただきます」

と両手を合わせて箸を取った。何となく喉《のど》まわりが塩っぽくなっていたが、おいしい西京漬けを食べたら、少しだけ幸せな気持ちになった。しかし魚の匂いを嗅《か》ぐと、太い体を揺らしてまとわりついてくる、たろがいない寂しさのほうが今になってもまさってしまい、しんみりとした晩御飯になってしまった。

翌朝、アキコとしまちゃんが、店の様子をのぞきにきたママに、礼をいうと、

「ああそう、そりゃよかった」

といつものようにそっけない。

「それでは今日もどうぞ、お励みください」

ママの後ろ姿を見て、アキコははじめて彼女の年齢を意識した。肩が少し丸くなっている。自分では見えない自分の後ろ姿はどうなっているのだろうかと、アキコは考えた。

お客さんは増えもせず減りもせず、よくいえば安定していた。これで店舗の賃料が発生していたら、とてもじゃないけど続けていられなかったが、しまちゃんのお給料とボーナスを支払い、自分も報酬をもらって、どうにかやっていける程度の収入は保っていた。店が満席になった時間帯に、三十代そこそこの女性の二人連れがいた。一人はオレンジ色、もう一人はベージュ色のハイブランドのバッグを持っていて、髪の毛もきれいにセットし、こちらもハイブランドと思われるが、カジュアルなデザインのスーツを素敵に着こなしている。店内が似たようなファッションの客層になったときは、それでいいのかしらと感じたこともあったけれど、明らかにこれまでと違うタイプのお客さんが入ってくると、よくうちの店を選んでくれたなと、意外な気がした。

「ミネストローネがふたつ。食パンとリュスティックで両方ともたまごサンドです」

「はい」

彼女たちはぐるりと店内を見渡しながら、店の隅に活《い》けてある花を眺めていた。その日は大きめの花瓶に冬牡丹《ふゆぼたん》をまとめて投げ入れ、各テーブルにも一輪ずつ挿した。彼女たちがじっと見ていた花瓶は、まだ会社に勤めていた頃、アキコが清水の舞台から飛び降りるつもりでボーナスをはたいて購入した、モーゼルのものだった。アキコがイメージしていた通り、修道院のようなそっけない店内のなかで、花のあるところだけが華やいでいた。

二人の女性は楽しそうに食事をしながら、器をすべて空にしてくれた。帰りがけ、

「これ、いただいたんですけど、もう見てしまったので。処分してもらえますか」

と手にしていたパンフレットをしまちゃんに渡した。

「わかりました。ありがとうございました」

しまちゃんとアキコが頭を下げると、二人は、

「ごちそうさま」

といって店を出ていった。

お客さんが集中する時間帯が過ぎて一段落つき、店には誰もいなくなった。アキコは厨房の下の棚に置いておいた、彼女たちから渡されたパンフレットを取り出した。よく見るとそれは宝石店のパンフレットだった。

「しまちゃん、これ持って行く？」

するとと彼女は首を横に振った。

「いえ、私には関係ないです」

「あら、そう？」

「私の着ているような男の子の古着には合わないです」

「それはそうね。しまちゃんはスカートは穿かないの？」

「スカートは制服以外、穿いたことはありません。冬の寒いときは、スカートの下にジャージーを穿くっていう、すごいコーディネートもしてました」

「ああ、そうなの。でも若い男の子で、スカートを穿いている子もたまにいるじゃない。ああいうのも面白いわね」

　アキコも宝石には興味はないので、パンフレットは厨房の下の棚に戻した。

　スープが余ったのでしまちゃんと分け、アキコは店を閉めて自室に戻ろうとしたが、ふと思い立ってパンフレットを持っていった。部屋の椅子に座り、何気なくページを開いてみると、見たこともない色の石が目に飛び込んできた。あまりの美しさに釘付《くぎづ》けになった。それはピジョンブラッドといわれているルビーで、ローズとピンクとレッドが最上の配合で混じり合い、とてつもない透明感がある。それが自然によって作られたというところが素晴らしい。アキコは宝飾品にはまったく興味がないけれど、そのピジョンブラッドの色だけは、どんなに見続けても飽きることはなかった。

　次のページにあったのはイエローダイヤモンドだった。これも何とも嫌みがない黄色で、対向ページにはアレキサンドライト。その石は、昼間の光では暗い緑色だが電灯の下では暗い赤色に変わるという。

「知らなかった」

　とアキコはつぶやいた。

　パンフレットを制作した宝石店が、その美しいピジョンブラッドを扱っているわけではなく、世界的に有名な石を紹介していただけで、もうちょっと値段の安い品が後半に掲載されていた。それでもアキコには縁のない価格だった。写真もそれなりの腕前のカメラマンが撮影し、丁寧に作られているパンフレットを眺めながら、これだけ経費をかけても、利益があがるのだから、たいしたものだと感心した。お店に来てくれた彼女たちのような人が買うのだろうか。ひとつだけでは満足できず、次はこれ、次はあれと、宝飾品も際限なく欲しくなってしまうものなのだろう。宝石箱を開いて、あんなに美しいものがずらっと並んでいたら、いやなことも吹き飛んでしまいそうだ。

「でも私はネコや動物たちが、世の中にいてくれればいいな」

宝石には光が当たると、ネコの目のような縦線が現れる、キャッツアイという石があるけれど、たろの目はいつもまん丸だった。光が当たれば瞳孔《どうこう》が狭くなるのだけれど、アキコの記憶にあるのは、体も手も足も顔も目もまん丸なたろの姿だった。

「あーあ、たろちゃん……」

今日は涙は出なかったけれど、とてつもなく寂しくなった。誰かがそばにいて慰めてくれたとしても、その寂しさは埋まらず、たろにしか埋められない心の穴だった。そしてそれはいつまでも埋まることがない。たろはこの宇宙でたった一匹だけなのだ。いい加減に自分の気持ちにけりをつけなければと思うのだが、高齢で天寿をまっとうしたわけでもなく、自分がもっと気をつけていれば、たろはもっと長生きできたはずだと、悔やまれて仕方がなかった。その感情は時間が経っても消えることはなく、かえって強くなってきた。

そして悲しさと後悔が重なって、今でもたろの姿を思い出すと、アキコは動揺してしまうのだった。

しまちゃんの実家で法事があるというので、久しぶりに土曜日を休みにした。しまちゃんは、

「すみません。私なんかが法事に行ってもどうにもならないと思うんですけど」

と、自分が休むことは店を閉めることにつながるので、恐縮している。

「親戚《しんせき》のみなさんが集まるんでしょう。みんなに元気な顔をみせるのが、しまちゃんの役目なんだから、遠慮しないでいってらっしゃい」

アキコは時間に余裕を持って、日曜日も休みにしようかと提案したのだが、しまちゃんのほうが頑として首を縦に振らず、

「いいえ、その日のうちに帰ってこれますから、日曜日はお店に出ます!」

ときっぱりといいきったので、一日だけの臨時休業になった。もちろんママからは、あきれ顔と共に、

「おやおや」

という相変わらずのひとことをいただいたけれど、アキコも迷いが多いこの頃だったので、仕事を忘れて好きなようにできる日ができたのは、正直うれしかった。パンと前日のスープの残り、目玉焼きの朝食を食べ、紅茶を飲みながら自分一人しかない部屋の中を眺

めた。

「たろちゃんがいたら、今日一日、どこにも行かないで、思いっきり抱っこして遊んであげられたのに」

アキコが、たろの大好きなふかふかのボールのおもちゃを手にすると、まん丸い目の色が変わり、

「投げて、投げて」

と訴える。力を抜いてたろをめがけて投げてやると、太い体で立ち上がり、短い両手と口でキャッチする。

「すごいねえ、たろちゃん」

手を叩いて褒めると、たろは、

「やった」

という顔でおもちゃをくわえて、たたたっと走ってきて、ぽとりとアキコの目の前に落とし、急いで元の場所に戻って、

「投げて、投げて」

と訴える。そしてまたアキコがおもちゃを投げるという、それが何度も繰り返された。いつもアキコが飽きてしまい、

「もう、おしまい」

というと、たろは不満そうな顔をしていたが、抱っこしてやると、

「ぐふう、ぐふう」

と鼻を鳴らして目を細め、幸せいっぱいの顔になった。顔を何度もアキコの腕に押しつけ、ざらっとした舌で舐めた。

「もっと遊んであげればよかった……、私じゃなくてたろちゃんが飽きるまで」

何て自分勝手だったのだろうと涙が流れてきた。心の中には小さな自分がいて、

「いつになったら泣かなくなるのだろうか」

と冷静に考えているのだが、いつも出てくるのは、悲しくなってしまう自分だった。しばらく鼻をぐずぐずさせていたが、いつまでそんなことをしていても埒《らち》があかないので、アキコは大きく息を吐いて気を取り直し、顔を洗い、化粧をした。といっても日焼け止めを塗り、粉をはたき、眉《まゆ》、頬紅《ほおべに》、口紅をささっと塗って、十分ほどで済む程度のものだ。

とにかく学生時代のあだ名が「福笑い」で、福笑いに凹凸は必要ないので、シャドウの類《たぐい》はつけない。フラットな顔面のままだ。

明るいブルーのパンツに、白いシャツ、紺色のカーディガンを選び、そのコーディネートで鏡の前に立ってみた。

「制服みたい」

もともと制服好きなのか、どうしてもこんなふうな色使いになってしまう。ただそういうスタイルが落ち着くのも事実なのだ。バッグは北欧柄のトートバッグにした。これでバランスが取れるだろう。足元はどこへでも歩けそうなフラットシューズ。

どこへ行こうかと迷う前に、アキコの足はお寺に向かっていた。たろが亡くなった直後は、アキコの義理の姉である（らしい）お寺の奥さんに慰めてもらった。きっと彼らは自分との関係など知るはずがない。

土曜日の午前中の電車は、老人のグループが多かった。路線には劇場や演芸場が多く、子供たちが喜ぶような施設はないので、年齢層が高いのだろう。その中にまじってアキコは電車に揺られていた。隣に座っている高齢女性三人は、そのうちの一人が、

「孫はたまに会うのはいいけれど、毎日来られると疲れるし、うるさいのよ」

というと、みなで大きくうなずいていた。

「私もやりたいことがあるんだから、孫の世話に使われるのは迷惑よね」

「そうなのよ。ばあさんは無条件に孫が大好きなんだから、世話をしてもらえばいいっていう考え方は間違ってるのよ。好きだしかわいいのはもちろんだけど、三百六十五日、来て欲しいわけじゃないのに」

息子、娘にいえない愚痴を発散させているのだろう。向かいに座っているのは、アキコと同じくらいの年齢の夫婦で、夫は携帯電話から目を離さず、妻のほうは大衆演劇のチラ

シを食い入るように見つめていた。それぞれの土曜日がはじまっている。

　地下鉄の駅から外に出たアキコは、いつも手ぶらで行っていたのが申し訳なくなり、駅の裏手にある有名な老舗の和菓子店に立ち寄り、和菓子を詰め合わせてもらった。季節柄、白梅、紅梅を象《かたど》ったものが並んでいる。最近、よく見かけるように、個別にプラスチックの四角い箱に入っているのではなく、お店の人がひとつひとつ丁寧に箱に入れ、和紙の掛け紙をかけ、洒落た包装紙で丁寧に包んでくれるのがうれしい。十個の和菓子が入った箱を手に、アキコはお寺に向かった。以前、不景気自慢をしていたおじさんたちがいて、年配の男性がおいしいコーヒーを淹《い》れてくれた、趣のある建物は跡形もなくなり、チェーン店の居酒屋になっていた。一瞬、場所を間違えたのかと、きょろきょろしていると、ビーズ編みの小さな巾着《きんちゃく》をぶらさげた、白髪頭をおかっぱにした見知らぬお婆《ばあ》さんが寄ってきた。

「ここに喫茶店があったのよ。マスターが倒れちゃってね。後を継ぐ人がいないから、売っちゃったんだって。雰囲気があっていい店だったんだけど、残念だねえ」

「そうだったんですか。前に来た時に喫茶店でコーヒーを飲んだものですから」

「ああそうだったの。近所の人が集まって、っていっても年寄りばかりなんだけどさ、モーニングなんか食べてたんだけど。年寄りが行ける店が少なくなるね。これから高齢化社会になっていくっていうのにさ。ごめんね、あたし、お喋《しゃべ》りだから、さよなら」

彼女はすたすたと歩いていってしまった。

「あ、失礼します」

アキコは軽く会釈をして、また歩きはじめた。自分はこの居酒屋をとやかくいえる立場ではないかもしれないと、胃のあたりが重くなってきた。

相変わらず街は人出が多かった。外国人観光客の姿も多い。人混《ひとご》みを避けるために裏道を通ると、前を通りかかったアキコに、一方的に花の鉢植えをくれた、粋筋で働いていたらしい女性が住む家が見えてきた。前に通ったときよりも、鉢の数が増えていたので、アキコは思わず笑ってしまった。今でも偶然通りかかった人に、花の鉢を押しつけているであろう、彼女の姿が目に浮かんできた。それでもまた減るどころか増えてしまうのが、家主の花好きを表している。窓辺の物干しには網干《あぼし》模様や紗綾形《さやがた》柄の手ぬぐいが干してあった。

お寺が近付いてくると、胸がどきどきしてきた。外から見える寺の庭の松の木を見上げるふりをして立ち止まり、呼吸を整えた。門に向かって再び歩きはじめると、着物姿の女性が六人出てきた。若い人と年配の人が三人ずつ、楽しそうに話している。何か会でもあったのかな、行っても大丈夫なのかしらと不安になりながら、菓子折を抱え直した。

門の中は意外に静かだった。様子をうかがいながら、開け放されている玄関の中に入り、

「こんにちは」

と声をかけた。

「はあい。少々、お待ちください」

聞き覚えのある奥さんの声がした。磨き込まれた廊下の奥から、光を受けた物体が近付いてくるように見え、アキコは驚いた。それと同時に歩み寄ってきた奥さんも一瞬驚いた顔をして、

「まあ、お久しぶり。いらっしゃい」

と笑顔で迎えてくれた。

「素敵ですねえ」

彼女は淡い藤色の色無地を着ていた。光を受けて菱形《ひしがた》の地紋が浮き出てくる。

「そうですか。ありがとうございます。亡くなった義母のものなんですけどね。土曜日は初心者の方にお茶をお教えしているので、いつも着物なんですよ」

「ああそれで。着物姿の方が出ていかれるのを見ました」

「いちおう着物を着るお勉強も兼ねているので、若い方には大変だけど、着物でいらしてくださいってお願いしているんです。だいたいお茶のお稽古《けいこ》の前に、お直し講座になってしまうんですけどね」

奥さんは笑っていた。

「拝見しているとほっとします」

「ふだんは作務衣やパンツスタイルで、動き回っていますからね。馬子にも衣装っていうところでしょうか。さあ、どうぞ、お上がりになってください」

「お稽古は大丈夫なんですか」

「ええ、午後は三時からなので」

アキコは手土産の和菓子を差し出し、

「もうちょっと早くうかがったら、お稽古に間に合ったかもしれませんね。すみません」

と謝った。

「ありがとうございます。でも次にいらっしゃるときは、お気遣いなさらないでね」

奥さんは菓子折を押し頂き、アキコを庭が見える和室に案内して、奥に姿を消した。次にいらっしゃるときはといわれて、アキコの緊張は解けていった。

庭木はきちんと剪定《せんてい》され、玄関横には鉢植えが並べられている。エンジェルストランペットが咲いていた大鉢は庭の奥の隅に置かれていたが、ミニバラの鉢やらたくさんの花の鉢が並んでいる。日本茶を供してくれた奥さんが、汚れ防止のために仕方がないけれど、色無地の上に上っ張りを羽織ってきたのが残念だった。光を集める淡い藤色をもっと見ていたかった。

「お持たせでごめんなさい。うちもお稽古のときに、こちらにお菓子をお願いしているんですよ」

「えっ、重なってしまいましたか」

「いいえ。どういうわけかひとつも重なりませんでした。何か通じ合うものがあったんでしょうか。ふふふ」

彼女とは血がつながっていないのに、そういわれると胸が高鳴った。おいしい日本茶を一口いただいた。

「ずいぶん鉢植えが増えましたね」

「前にいらしたときは、エンジェルストランペットがどーんとあったでしょう。それからまた、みなさんが鉢を持ってきてくださったので増える一方なの。あそこのはね、えーと何でしたっけ。覚えられないからメモしておいたんだけど……」

小走りに部屋を出て行った彼女は、メモ用紙を手に戻ってきて、室内から庭にある鉢のほうに身を乗り出しているアキコの横で、

「これは『カリステモン・ドーソンリバー』こちらは『君子蘭』『パフィオペディルム』『サイネリア』。そしてこれは『金のなる木』。この間まで花が咲いていたのよ」

と説明し、花が咲いているときの携帯電話の画像を見せてくれた。

アキコは金のなる木に花が咲いているのをはじめて見た。小さくて愛らしい花だ。

「こんなに花が咲くのに、金のなる木を手放してよかったんでしょうか」

「その方はね、金のなる木を買うのが趣味で、ずらーっと鉢を並べていたんですって。奥

さんから『買ってもお金が入らなくて無駄だから、いい加減、処分しなさい』って叱《しか》られて、ご主人がうちに三鉢持っていらしたの。そのときにいらしていた檀家《だんか》さんお二人が一鉢ずつ持っていかれて、うちにこれが残ったの」

「お世話も大変じゃないですか」

「私はぼーっとしているものだから、鉢を出しっぱなしにしているのに気がついて、あわてて夜になって家の中に入れたりして。かわいそうなことをしてるんですよ。それでも元気にしてくれているのは、ひとえに彼らのがんばりだけなんです」

「揉《も》まれてるんですね」

「そう、うちの鉢植えは打たれ強いんです」

目の前に緑が広がっているのはいいなとアキコは素直に思った。生まれ育った場所は、今は窓を開けてもビルが並んでいるのが見えるだけで、すぐそばに緑があるわけではない。ここは民家ではなくお寺という特殊な場所だけれど、一戸建てで庭があって緑があるのは、心が落ち着くものだなとしみじみした。お寺には茶色や緑が多いのが合うのかもしれないが、アクセントになる花の鮮やかな色があると、両方が引き立つ。

「自分がこれでいいと決めてやったことでも、月日が経つうちに、違ったかなって思うことってありますね」

アキコは彼女とのそれまでの会話とは関係ない言葉が口から出てあせった。

「あの、あ、すみません……」

「いいえ、そういうことってありますよ」

彼女は何事もなかったかのように、アキコの言葉を優しく受けとめてくれた。

「迷ったり悩んだりするからこそ、前に進めるんじゃないですか。でも気持ちの根っこの周辺の表現の仕方は変わっていても、根っこは変えないのが大事だと思いますよ。今は平気で自分に利があるように、都合がいいように根っこを変える人が多いから」

「根っこがちゃんとしていればいいんですよね」

「そうです。そこさえちゃんとしていれば、枯れることはないと思いますよ」

自分で決めた仕事の根本の部分は変えたくないし、変える気もないのだけれど、自信満々ではないから、つい不安になる。自分はそんなに能力がある人間なのだろうか。傲慢《ごうまん》なのではないだろうか。勘違いをしているのではないだろうか。若い頃や会社に勤めていれば、上司や同僚が注意してくれるけれど、ある年齢から上になってしまうと、誰かに注意されるということがとても少なくなる。ママはあれこれいってくれるけれど、根本的に考え方が違う部分もあるので、アドバイスはとてもありがたいけれど、すべてを受け入れるというわけにはいかない。短い会話だったけれど、奥さんにとってみれば、自分はお寺にやってくる中年女性のうちの一人にすぎないのだけれど、奥さんが親身になってくれているのがよくわかった。

アキコが和菓子店で選んだ、桃色の練り切りはほんのり甘くてとてもおいしかった。これならば菓子折の中の他のお菓子も喜んでもらえるだろう。

「他の人よりも目立って褒めてもらおうっていう人が多くなったけれど、地道にまじめにやっていれば、見てくれている人は必ずいるんです。今の世の中にはいろいろと問題はありますし、残念ながら愚かしい人もいるけれど、そうではない人も間違いなくいます。自分に不利益を与えようとする人たちとは、彼らを謝らせようとか反省させようなどと思わないで、関《かか》わり合わないようにするのがいちばんですね。彼らとは生きていく上での基準が異なっているので、同じ土壌で仲よくしていくのは難しいんです。犯罪はいけないですが、百人いれば百通りの生き方がありますから」

「こちらにもそういう方っていらっしゃるんですか」

「お寺は人とのつながりがいちばん大切なんです。妙な噂話《うわさばなし》やありもしないことをいわれたりしましたけど、こちらは根っこをぐらつかせないで、淡々と過ごしていくしかないですね」

妙な噂話、ありもしないこと、と聞いて、アキコはじわっと汗が出てきたが、平静を装っていた。

小一時間、アキコは庭の緑を見たり、お茶と和菓子をいただいて、お寺の気持ちのいい空間で過ごした。体がすっきりとしてきて、詰まっていた頭の中の風通しがよくなった。

「いつもすみません。お邪魔ばかりして」

「いいえ、お出かけくださって本当にうれしかったです。またご遠慮なく、手ぶらでいらしてくださいね」

品のいい優しい笑顔で奥さんは見送ってくれた。アキコは何度も振り返りながら、寺を出た。これまでもやっとしていたものが、すっきり晴れ、方向が見えてきた。問題はお客さんにあるのではなく、自分が今の自分に飽きていて軸がぶれそうになり、それをどうしていいかわからなかったのが問題だったのだ。明日、しまちゃんが出勤してきたら、早速、相談してみよう。何ていうかなと楽しみになってきた。

7

しまちゃんは大きな荷物をぶらさげて、出勤してきた。アキコがおはようございますと挨拶《あいさつ》をするのとほぼ同時に、

「昨日は申し訳ありませんでした」

と部活のお辞儀を何度も繰り返した。

「大事なことなんだから、そんなに頭を下げないで。ずる休みをしたわけじゃないんだから」

「はい、本当にすみません……」

だんだん声が小さくなった。

「久しぶりにご親戚《しんせき》の方々と会ったんでしょう」

「はい、みんな歳《とし》を取っていて驚きました」

素直に驚いているので、アキコは噴き出した。

「しまちゃんも同じように、一年にひとつずつ歳を取っているんだけどね」

「それはそうなんですけど、おばさんはおばあさんになって、おじさんはおじいさんになって、いとこはおじさんやおばさんになってました」

「しまちゃんは、あまり変わってないっていわれたんじゃないの」

「はい、だから余計、みんながうるさくて」

彼女が顔をしかめながらいうには、紺色のジャケットと紺色のパンツ姿で出席したところ、

「学生の頃とまったく同じ」「相変わらず男の子のようだ」「いつ結婚するのか」「宝塚が好きなのか」

などとあれやこれやといわれたのだという。「こっちだと何を着ていても、誰も何もい

わないじゃないですか。紺のパンツスーツを着ているだけで、あんなことをいわれるなんて、面倒くさかったです」

「みんな心配してくれているんでしょ」

「親戚がおせっかいなんですよ、うちの家族は何もいわないのに」

しまちゃんはため息をつき、しばらくは彼らが集まる場所には呼ばれても行かないと、首を横に振っていた。

「あの、これ、よろしかったら」

しまちゃんは大きな紙袋を両手でアキコに渡した。

「ありがとう、何かしら」

中には新聞紙に包まれた大きな包みが二個と、密閉容器が一個入っていた。まず密閉容器の蓋《ふた》を開けると、中にはつぶ餡《あん》の大きめの餅菓子《もちがし》が二つ、ぎっちぎちに詰まっている。

「わあ、おいしそう」

「母が作ったんです。お口に合うかどうかわかりませんが」

「ありがとう。うれしいな。お行儀が悪いけど、ちょっと食べちゃおう」

アキコはどっしりとした餅菓子を手づかみにして、ぱくっと食べた。

「あ、中に黒ごまの餡が入ってる」

「そうなんです。どういうわけか母がこれに凝ってしまって。こんな大きいのを、アキコさんに六個、持って行けっていうんです。逆に失礼だからって説得して、二個にさせたんです」

「そうだったの。おいしい。大きいけれど、全部いけそうだわ。お母さんによろしくいっておいてね」

「はい、ありがとうございます」

しまちゃんはにっこりと笑った。ふだんはそんなことはないのに、アキコは大きな和菓子を一個完食してしまった。次に新聞紙の包みを開いてみると、密閉式のポリ袋の中に魚の干したものが入っている。

「それはトビウオの干物なんです」

「へえ、はじめて見たわ。アゴだしは使ったことがあるけれど」

「実家の近所の、高齢で漁に出られなくなったおじいさんが、全部一人で作っているんです。トビウオってたくさん捕れるので、売るためじゃなくて自分たちが食べるために保存食として、さばいて内臓を取って干して。ただ干しただけで、塩も振ってないんです」

形は鯵《あじ》の干物のように開いているわけではなく、頭と尻尾《しっぽ》や鰭《ひれ》を落とし、内臓をとった筒状の形になっている。たくさんの細い小骨がある。

「いい匂《にお》い。日向《ひなた》と塩と魚の匂いがするわ」

アキコは木彫のような硬さの干物を鼻に近づけて、匂いを嗅《か》いだ。

「私、これをこのまま食べるのが好きなんです」

しまちゃんは、ぱきっと干物を折り、そのまま口の中にいれた。アキコも真似《まね》をして端っこを食べてみると、噛《か》んでいくうちに、じわっとうまみが出てくる。

「魚のうまみが凝縮してるね」

「これを煮干しでだしをとるのと同じように、鍋にいれて味噌汁《みそしる》を作るんです。そしてそのまま戻った身も一緒に食べるっていうやり方です」

「こういうものって、売っていないからねえ。昔の人は立派ね。こうやって余った魚も捨てないで、ちゃんと保存食にしているんだもの」

東京には何でも揃《そろ》っているといわれるけれど、人間が本当に必要としているものは、手に入らないのかもしれない。

「こういったものを毎日食べていれば、骨もしっかりして、しまちゃんみたいに、いい体つきの人がたくさん育つわねえ」

しまちゃんは恥ずかしそうに笑っている。そして紙袋に残っていた最後の包みを開けた。

「わあ、頭脳パンだ」

「本当にすみません。前に食べていただいたのを覚えていて、母が持っていけってうるさいんです」

「食べると頭がよくなるような気がするものね」

「はあ、私はいやになるほど食べましたけど……相変わらず、全然、効果がないんです」

しまちゃんは首をかしげた。

「私は年齢も年齢だから、頭をしゃっきりさせるために必要かもしれないわね。お母さんにくれぐれもよろしくおっしゃってね」

「わかりました」

いつもは味をみるために、お腹《なか》はほどほどに空いている状態にしているのだが、今日はおみやげの和菓子に目がくらんでしまい、ちょっとお腹が重い。

「今日はしまちゃん頼りだなあ」

「え、そんな」

「いつもちゃんと、味をみてくれるじゃないの」

「はい、でも、私も今朝はいろいろ食べてきてしまって」

お母さんから手作りのいろいろを持たせてもらったのだろう。アキコが味見をし、しまちゃんも大丈夫ということで、無事、スープの仕込みは終了した。

パンの準備をしながら、アキコは、

「しまちゃん、スープなんだけど、はっきりした色のスープを作ってみようかなって思ったの」

首をかしげている彼女に、アキコは、赤、緑、黄など、ひと目見て、色が目に飛び込ん

でくるスープはどうかしらといった。しまちゃんはしばらく考えていたが、

「華やかで明るい感じになりますね」

といってくれた。たとえばミックスサンドだと切り口から、黄色だったり緑だったり赤だったりが、小さくのぞいている。たまごサンドの場合はシンプルに黄色とレタスの緑色だけだけれど、それにもうひと押し、色を加えたいと伝えた。

「もちろん、ミネストローネは定番として残すつもりなんだけど」

「そうですね、あったほうがいいと思います」

「急に変えるとこちらも慣れないから、少しずつ日替わりで、プラスしていくつもりなの」

「器によって、見える色の分量も違ってきますよね」

「そうなの。だから器も変える必要があるかもしれないわね」

「楽しみです」

しまちゃんは、ただアキコのいうことを聞くだけではなく、肝心なところがちゃんとわかっている。そして自分がオーナーのようにでしゃばりはしない。これは彼女の持って生まれた気質なのか、部活のおかげかはわからないが、あらためてアキコは、彼女がこの店に来てくれたことが、奇跡に近いとありがたかった。

それから二人は店を閉めてから、新しいスープを試作した。

「赤だったらトマトかなあ。ビーツも鮮やかだけど、うちの仕入れのラインで買えるかどうか。緑だとズッキーニ、アボカド、枝豆、アスパラガス、ブロッコリー、小松菜。癖のある葉物はシンプルにしたほうがよさそうだけど、それだとちょっとさびしいような気がするの。クレソンやほうれん草のスープも、ボリュームのあるサンドイッチの脇役で、少なめの量だったらいいと思うんだけど、どーんと飲んでもらうようなものではないわね。オレンジだとかぼちゃ、にんじん、パプリカか。白だとじゃがいも、マッシュルーム、白いんげん豆、カリフラワー、ネギ、白菜とか。大根は意外に癖が強いからパンに合わせるのは難しいな」

アキコは紙の上に食材を色のグループに分けて、組み立てはじめた。

「イカスミ汁っておいしいですよね」

しまちゃんがつぶやいた。

「沖縄の。あれはおいしいわね。口が真っ黒になるけど。あれは胃腸にいいんでしょう。おいしいけれど、サンドイッチにはちょっとね。残念だわ。ああ、思い出したら食べたくなってきた」

沖縄で食べたのは、真っ黒なイカスミ汁に苦菜が少し入っていて、いかにも胃腸の機能が回復しそうな、体に効く味だった。

「イカスミのパスタもおいしいものね。魚介つながりでからすみのパスタもおいしいのよね」

　アキコはよだれが出そうになった。

「そうか白いスープに、ちょっとだけからすみをのせるっていうのもできるかな」

「あのう、私のいうことじゃないですけど、原価は大丈夫でしょうか」

「そうだった。そっちも考えなくちゃ」

「すみません、私が余計なことをいうものだから」

「いいの、どんどんいってちょうだい。私の凝り固まった頭だけじゃ限界があるから」

　奇をてらったスープを出したいわけではなく、ましてや集客を高めたいわけでもない。自分自身の問題として、アキコはちょっと新しい一歩を踏み出したくなっただけなのだ。もっと簡単に決まるかと思ったけれど、まず食材の組み合わせから頭を痛めた。いくら色合いを整えたからといって、味に満足してもらえなければ意味がない。

「こってり系か、あっさり系か。うちのサンドイッチは比較的ボリュームがあるから、こってりしなくてもいいと思うんだけど……」

「最近は、みんな油っこいものが好きですね。女の子でも野菜好きよりも肉好きのほうが多いような気がします」

「そうそう、前は女の子の一人回転寿司《ずし》が、高いハードルだったのに、今は一人焼き肉も平気なんでしょう。肉かスイーツよね。うちの場合は応用がきく鶏肉《とりにく》以外は難しいな。サンドイッチにベーコンやハムやソーセージを入れるくらいなら大丈夫だけど。冷凍庫は使いたくないから、新しい仕入れ先と在庫管理の問題があるわね」

アキコが野菜を仕入れている農家は、大量生産できないので、野菜の出来は気候にとても左右される。これが欲しいというのではなく、そのときその場にあるものをいただいてくるといった具合だ。それも仕入れ値が上がってきて、豪勢に何でも仕入れるというわけにはいかなくなってきた。なので新しいスープも、様々な条件に対応できる、バリエーションを考えておかなくてはならない。

「最初から色を揃えるのではなくて、ひとつずつ加えていきましょうか。季節によってスープは変えたいしね」

しまちゃんは黙ってうなずいていた。

「いいアイディアがあったら、遠慮なくいってね」

アキコが店を出るしまちゃんに声をかけると、

「お役に立てるかわかりませんが、一生懸命に考えます」

と真顔になっている。

「一生懸命じゃなくていいから、暇なときにちょっと考えてみてね」

アキコの声に小さく頭を下げ、

「それでは失礼します」

としまちゃんは帰っていった。これも部活の効果といっていいのか、上の立場の人がいった言葉には絶対服従するので、一歩店から出て夜寝るまで、そして翌日、朝起きてから出勤してくるまで、スープのことばかり考えるに違いなかった。

「私も少し、間を置こう」

方針は決まったけれど、あせってやる必要もないからと、アキコは両手を上に挙げて、うーんと伸びをした。ぼきぼきっと背中から音が聞こえてきて、苦笑するしかなかった。

「今日はもうおしまい」

スープは残らなかったので、晩御飯は何を食べようかなと、アキコは冷蔵庫の中に入っているものを思い出しながら、自室に戻った。新しいスープについて、つらつらと考える毎日になった。会社にいたときもそうだったのだけれど、机の前で企画を出そうと、

「うーん」

とうなっているよりも、トイレで用を足しているときとか、出先で歩いているとき、家のお風呂《ふろ》で半身浴をしているときに、ふと企画が浮かんだりしていた。無理をせずに、ふっと何かがわいてきたときに、それをキャッチすればいいのだと、アキコはのんびりと考えていた。

試しにオレンジ色のかぼちゃのスープを出してみた日、どういうわけか子供連れの人が多かった。たっぷりのかぼちゃをつぶして、鶏のスープと豆乳でのばし、子供のために遊

びで細く輪切りにしたオクラ三枚と、きざみパセリを少しトッピングにすると、小さな女の子が目の前の器を見て、

「あ、お星さま！」

と声を上げた。

「ほんと、緑色のお星さまみたいね」

子供はフォークでオクラをひっかけて、不思議そうに眺めている。

「食べられる？　おうちで食べたことないけど」

母親は心配そうに見ていたが、女の子はそのお星さまをぱくっと口の中にいれた。特別味がするものではないが粘りがあるので、大丈夫かなとアキコが厨房の中から見ていると、女の子は口を縦や横にもぐもぐした後、

「お星さま、ユウちゃんのお腹の中にはいったよ」

とにこっと笑った。

「そう。それじゃあお腹の中に入って、ユウちゃんを元気にしてくれるね」

母親がスープを口にしようとすると、

「お星さまは食べちゃだめ」

と釘《くぎ》を刺した。

「はい、わかりました」

母親がスープを飲んでいると、どうも残っている量が気になるらしい。今度は自分もスプーンを手にして、スープを飲みはじめた。

「お星さま、また食べちゃった」

「ああ、本当だ。あといくつあるのかな」

「えーと、あとひとつ」

「そうね、あとひとつあるわね」

女の子は母親からサンドイッチを切り分けてもらいながら、

「最後のお星さま！」

と宣言してスープを飲み干した。

「えらいねえ。お野菜が嫌いなのに、よく食べたわねえ」

母親はうれしそうにしていた。アキコもしまちゃんも同じ気持ちだった。結婚をしないで自分を産み、男性客に囲まれて卑猥《ひわい》な冗談や噂《うわさ》にまみれていた母も、自分に対して、あのように優しくしてくれたときもあったのかもしれない。自分にはもちろん記憶はないけれど、目の前の母子を見ていると、それが幼い頃の自分と母の姿にだぶった。それと同時に、母との関係をいいほうに持っていこうと、脳が自然に情報操作しているのかもしれないとも考えたが、ともかく目の前の母子の姿は見ていて安らぐものだった。

「うちの子は野菜を食べなくて。食べさせようとして、スムージーを作ってみたのですけれど、一口飲んだだけで、いやだっていっていたんです」

会計をしながら母親がほっとした表情で話してくれた。どうしても野菜を食べないので、外食なら気分が変わるし、この近くで親子イベントがあるついでに、ここのお店のものだったら食べるのではないかと連れてきたのだという。

「安心できる野菜を使っていらっしゃるってうかがったのですけれど」

「はい、できるだけそうしています」

「まさか、オクラまで食べるなんて、思ってもみなかったです。トマトもかぼちゃも食べないんですよ。でもこちらのサンドイッチやスープは、嫌がらないで食べたので驚きました」

「そういっていただけると、とてもうれしいです。ありがとうございます」

大人たちが話をしていると、女の子は真似をして、母親の横でぺこりぺこりと頭を下げている。

「ごちそうさまでした」

母子が手をつないで帰ろうとすると、女の子が振り返って、

「バイバイ。ごちしょーさまあでした」

と手を振った。

「はーい。どうもありがとう。気をつけてね」

女の子はいつまでも手を振っていた。これがきっかけになって、何でも食べてくれるようになってくれればいいなあと、アキコは胸が熱くなった。

といってもどの子もおとなしく食べているわけでもなく、時折、

「やだー、いらない」

という声も聞こえる。母親は子供が大声でいい放つと、ものすごくあせっているのがわかるのだが、アキコはそれも当然だと何とも思わなかった。子供が好きなものだけ食い散らかして、その残りを親が食べていることもある。それはそれで彼らの問題なので、アキコはただほほえましく眺めていた。

「子供がくるとにぎやかですね」

「人数がまとまると、さすがにすごいわね」

潮が引いたようにすべてのテーブルが無人になり、アキコもフロアの片づけを手伝っていると、背中を丸めた老婦人が入ってきた。

「いらっしゃいませ。あ、タナカさん」

アキコが声をかけた。母が若い頃働いていた店の同僚で、アキコの父親について情報を持ってきた、いろいろな意味で重要な人物である。息子さんが急に亡くなり、彼の妻である義理の娘と揉《も》めているといっていた。

「タナカさん、お久しぶりです」

「こんにちは。どうもあれから失礼してしまって」

「いいえ、どうぞ。お近くまでいらしたんですか」

「いえ、今日はまた、カヨさんにお花をって思って。たいしたものじゃないけど、どうぞお仏壇にお供えしてください」

タナカさんは小さな菊の花束を差し出した。

「お心にかけていただいてすみません。母も喜びます。ありがとうございます。お食事は済まされましたか」

「いいえ、まだですけど」

「よろしかったら何か召し上がりますか」

「私も歳を取っちゃって、量が食べられなくなったのだけれど……」

「わかりました。こちらへどうぞ」

アキコは彼女を、黄色いバラが活《い》けてあるテーブルに案内した。

「あら、これ、私の色と同じ、ふふっ」

タナカさんは自分が着ていたニットのカーディガンをつまみ、恥ずかしそうに笑った。

アキコが何もいわなくても、しまちゃんはさっとお水を出し、向かいのママの店まで走ってコーヒーの出前を頼んでくれた。アキコはふだん提供する三分の一の量の食パンのミックスサンドイッチと、半量のスープを、しまちゃんが用意しておいてくれた、その分量にぴったりの器に盛って、テーブルに持っていった。

「まあ、どうしましょう。お手数をかけさせちゃって」

「よろしかったら召し上がってください」

「ありがとう、じゃ、遠慮なく」

両手を合わせてタナカさんはサンドイッチを食べはじめた。

「うん、おいしい」

顔がほころんだ。すーっとドアが開き、コーヒーが入ったお盆を持ったママが入ってきた。

「いらっしゃいませ」

突然、ママが背後から現れたものだから、タナカさんはサンドイッチを手に、

「わっ」

とびっくりしていたが、

「どうぞ、ごゆっくり」

とママさんが丁寧にお辞儀をして去っていくと、

「あ、ありがとうございます」

と頭を下げた。そうか、前にタナカさんが来たときは、ママの店のやめてしまったアルバイトの女の子が、持ってきてくれたのだったとアキコは思い出した。

「うちはお茶がお出しできないので。おいしいコーヒーなんですよ」

「前にもいただいたあのコーヒーかしら。あれ、おいしかったの。うれしい」

タナカさんは、ひと口飲んで、

「うん、おいしい」

とうなずいた。今日はいったい何があったのだろう。まだお嫁さんとは揉めているのかな。アキコがさりげなく様子をうかがっていると、タナカさんはサンドイッチを食べ終わり、たんねんに口のまわりをペーパーナプキンでぬぐっていた。そしてコーヒーを飲んでふうっと息を吐いた。彼女は誰もいないのを確認して口を開いた。

「この前はごめんなさい。突然、お邪魔しちゃったりして」

「いいえ。今日はお近くまでいらしたんですか」

「あの先生のところは、けりがついたので、うかがってないんです」

「そうですか。それはよかったですね」

何にせよ、面倒な揉め事はなくなったらしい。

「ええ、まあね。私もあれこれ考えるのに疲れちゃって。決められた法律っていうものもあるしね。法律がこちらの気持ちを汲《く》んでくれるとは限らないし」

「そうですね。決まり事と周囲の方の気持ちは別になりますからね」

「そうそう。どうしてあっちにお金がいかなくちゃならないのか……。あ、ごめんなさい。

もうこの話はやめにします」

　タナカさんは肩をすくめた。彼女なりに自分の気持ちに区切りをつけなくてはと考えたのだろう。

「あのね、あのとき話した、カヨさんの旦那《だんな》さんなんだけどね」

　えっ、また？　と一瞬、アキコが息を呑《の》むと、しまちゃんが、

「あ、ちょっと出てきます」

　と厨房の奥に置いてあるバッグを持って、店を出て行こうとした。タナカさんと目が合うと、

「これから昼の休み時間をいただくので失礼します。どうぞごゆっくり」

　と頭を下げた。

「ああ、そうなの。いってらっしゃい」

　何も知らないタナカさんは、明るく声をかけた。アキコは店を出て行ったしまちゃんの後ろ姿を目で追った。

「それでね、あなたのお父さんのことなんだけど」

「ああ、はい」

　アキコはタナカさんの正面に座った。かつての同僚に関する事柄とはいえ、他人の家庭事情について、そんなに考えていたのかと内心驚いた。

「お坊さんっていう話をしたでしょう」

「ええ、うかがいました」

「その後、何かあった？」

「いいえ、何も」

「えっ、何もしなかったの」

「はい」

彼女には申し訳ないけれど、嘘《うそ》をつくしかなかった。

「そうなの、ふーん」

タナカさんは残念そうだった。

「それじゃ、お寺にも行ってないんだ」

「行っていないです」

「そうか、それじゃあ、はっきりしてるわけじゃないのね」

彼女は首をかしげている。アキコがきょとんとしていると、

「あのね、別の話が出てきてね」

「別の話？」

母の噂の相手は若い大工さんと、年上の車掌さんだと彼女が教えてくれた。ところがタナカさんがつい先日会った、かつての同僚だった板場で修業をしていた男性から聞いた話

では、腕がいいと有名だった袋物職人とも付き合っていたようだという。

「は？」

「うーん、何だかね、同時進行っていうのかな、二股《ふたまた》、三股で付き合っていたみたい」

再び亡くなった母の若い頃の男性関係を暴露されても、どうしようもない。

「あのね、それだけ教えてあげようかなって思って」

「このためだけにですか」

「ええ、まあねえ。毎日、暇なものだから。ここに来るのもいい運動になるんですよ」

タナカさんはよっこいしょと立ち上がり、使い込んで柔らかくなりすぎている感のある紫色のバッグから財布を出そうとするのを、アキコは止めて、

「どうぞ、お気遣いなく。母にお心遣いをいただいたので、それで十分です」

と礼をいった。

「そう？　いつも申し訳ないわね。ごめんなさい。ごちそうさま」

「またどうぞ、いらしてください」

アキコは丸い背中に声をかけた。

「はい、ありがと」

タナカさんは笑顔を見せたが、どこか寂しそうだった。駅に向かって歩いていくのを、店の外で見送りながら、何度も振り返るタナカさんに向かって、アキコもお辞儀を繰り返

した。

しばらくしてしまちゃんが帰ってきた。

「ごめんね。悪かったわ。いてもらってもかまわなかったのに」

「いいえ、平気です。花屋さんで超短期でボランティアしてきました」

「あら、そうだったの」

「前を通ったらとても混んでいて、奥さんが大変そうだったので」

「しまちゃんはお花に詳しいし、奥さんも助かったわね、ご苦労さま。ありがとう」

しまちゃんは小さくお辞儀をして、空になったコーヒーカップをママの店に返しにいった。しまちゃん、いったい何だろうって思ってるかな。話したほうがいいのかなとアキコが迷っているうちに、彼女は戻ってきた。

「今日はお客さんはこのままかしら」

「うーん、そうかもしれないですね」

「人数がお昼に凝縮されたっていう感じかしら」

「本当に集中したり、誰も来なかったり、波ってあるんですね。コンビニもそうでしたけど」

「コンビニはお昼時は大変でしょう」

「はい、近所で工事があると、そこで働いている人たちがお弁当を買いにどっと来るので、電子レンジが空く暇がなかったです。でも日中でも、週刊誌を立ち読みしているお客さん一人しかいないっていう時間帯もあるんですよね。夜は夜で突然、混み合う時間帯があるし」

「そうか、お店の人は交代制だけど、コンビニは一日中開いているんだものね」

「それでも潰《つぶ》れる店もありますから」

「それでうちに来てくれたんだものね」

「はい」

申し訳ないが、潰れてくれたコンビニには感謝しなくてはならない。こんな話はしなくてもいいのにと思いながら、アキコはしまちゃんに自分のことを話すべきかどうか悩んでいた。しまちゃんだって、いったい何があったのかと、少しは気になっているだろう。しかし次の瞬間、これは自己顕示欲の現れではないかと恥ずかしくなった。しまちゃんが自分のことを気にしてくれているのではと考えるなんて、図々しいのではないか。そうでいて欲しいという、自分勝手な要求ではないか。一人っ子はこれだからいけないなと反省したりもした。その日、しまちゃんには何も話さなかった。

8

自分の出生について、しまちゃんに話すかどうかアキコは迷っていた。写真のたろに向かって、

「どうしたらいいと思う？」

と聞いたら、

「知らない」

という声が聞こえてきた。

「そうだよね、たろちゃんは聞かれても困るよね」

アキコは苦笑した。

スープはオレンジ色が評判がよかったので、それを続けている。中途半端に豆乳で薄めていないので、ボリュームがあり、男性にも人気があった。他の色も取り入れて、カラフルにしたかったけれど、温かいトマトはパスタのソースとして使われているのはいいけれど、それがメインのスープとなると、いまひとつ人気が出ないような気がした。ミネスト

ローネは好き嫌いがないので、赤のスープについては要再考である。

「あまり、じゃがいもじゃがいもしても、喉《のど》に詰まる感じがするわよね」

「ビシソワーズみたいに、冷たいのならいいですけれど、温かくてこってりしていると、それだけでお腹がいっぱいになりそうです」

「そうよね、炭水化物だらけになるわね」

一段落すると、寸胴鍋のスープの残量を見ながら、しまちゃんと相談した。

「癖のあるほうれん草のスープもやりたいな。今日もいいほうれん草があったでしょう」

「ありましたね。緑色が濃くて葉っぱが立ってました」

「そうそう、根元も元気のいいきれいなピンクだったものね。うーん」

アキコは、あの元気なほうれん草をどうしたらいいかと、頭をめぐらせた。

「あんなに活きのいいものを、スープにするのも罪かしら」

「でもほうれん草って、サラダ用じゃないと生で食べられないじゃないですか。だから火を通すしかないですよね」

「そうなのよね。活きがいいと同時にアクも強いから。炒めて使えば問題ないとは思うんだけれど」

頭をフル回転させようとしても、開業中はどうしてもメニューには集中できない。

「お店が終わってから考えるわ。ありがとう」

しまちゃんはぺこっとお辞儀をして、テーブルや椅子《いす》を整えはじめた。そうするとすぐまたお客さんが入ってきた。このところ、しまちゃんが店内を整えると、必ずお客さんが入ってくる。それがおまじないのようでもあった。

「いらっしゃいませ」

開いたドアに目を向けたとたん、アキコははっと息を吞んだ。

「お久しぶりー」

先生が若い女性と一緒に、ドアの前にたたずんでいた。アキコは思わず走り寄り、

「先生、わざわざ申し訳ありません」

と深々と頭を下げた。

「いいえ、突然でごめんなさい。何だか転んでから同じところばっかりを移動していたものので、気分がくさくさしてたの。今日は学校の優等生のめいちゃんに車で連れてきてもらって、本当にうれしいわ」

先生を連れてきてくれた、付き添いのめいちゃんと呼ばれた女性は、小柄だけど薄着で日に焼けていて筋肉質だった。大きい目が印象的な元気そのものを絵に描いたような人だ。

「どうぞ、こちらへ」

しまちゃんが日当たりのいい席に案内してくれた。転んだと聞いて、先生の体がどうなっているのかと心配になっていたが、杖《つえ》もついておらず、見た限りでは歩行には問題はな

さそうだ。それでもこれまでの先生とは違っていた。いつもスーツか、センスのいいワンピース姿だったのが、腰を覆う丈のセーターに、ゆったりとしたニットのパンツスタイル。メイクもきっちりし髪の毛もいつもきれいにセットされていたが、あっさりしたメイクに、髪の毛はゆったりと後ろでひとつに束ねられている。これまでの先生が、ビジネススタイルならば、目の前にいる先生はプライベートスタイルだ。ビジネススタイルのときよりは、少し年齢が上に見えたけれど、それでも先生が素敵なのは変わりがなかった。

「さあ、何をいただこうかしら」

「少しプレートに色のインパクトをつけてみたくて、スープを増やしてみたんです」

　アキコが説明すると、

「それではその新作のかぼちゃのスープをいただこうかな。となるとお腹にたまるでしょうから、私は全粒粉の食パンのサンドイッチね。あなたはしっかりがいいでしょう」

　と先生はめいちゃんを見た。

「はい。私もかぼちゃのスープで、ベーグルかリュスティックか迷っているんですけど」

「できれば両方食べたいんでしょ」

　先生はくすっと笑った。

「そうなんです」

　両方？　とアキコとしまちゃんが顔を見合わせていると、先生は、

「彼女にはベーグルとリュスティックの両方のサンドイッチをお願いできるかしら」

と申し訳なさそうにいった。

「はい、かしこまりました」

「すみません。ありがとうございますっ」

彼女も頭を下げた。ミニしまちゃんのようだとアキコはおかしくなってきた。

サンドイッチの中身を同じにするわけにはいかないので、ベーグルのほうにはプリーツレタスと、クリームチーズ入りの小さなオムレツ、リュスティックのほうにはチキンを挟んだ。

「お待たせしました」

めいちゃんのプレートは、二種類のサンドイッチでてんこ盛りになっていた。

「わあ、おいしそう」

体が前のめりになっている。

「おいしい、と、思うわ。私が前にいただいたときと変わっていなければね」

笑いながらいった先生の言葉に、アキコは背筋が伸びて、どっと冷や汗が出てきた。慣れてきた故の、気の緩みもあるかもしれない。味も毎日変わりがないと思っていたし、しまちゃんがチェックしてくれてはいたものの、二人とも味の判断がいまひとつになってい
た可能性もある。もしかしてお客さんの数が落ち着いてきたのも、そのせいかしらと、こ

れまで時折頭に浮かんでいた、さまざまな不安が塊となって一気に押し寄せてきた。

「スープ、とてもおいしそうな色に仕上がっているわね。いただきます」

先生が両手を合わせてスプーンを取るのを、アキコは息を止めてじっと見つめていた。

横のめいちゃんは、

「おいしい」

を繰り返し、ぐんぐん口の中に流し込んでいる。

「おいしいわ。裏であなたがどれだけ手をかけているか、よくわかるわ」

「ありがとうございます」

溜《た》めていた息と言葉が同時に口から出た。先生たちにはわからないように、小さくため息をつきながらしまちゃんのほうを見ると、緊張した面持ちだったのが、同じように、

「はああ〜」

と小さく息を吐いていたので笑ってしまった。

めいちゃんは気持ちがいいくらい、まるで吸い込むようにすべてを平らげてくれた。

「ああ、おいしかった」

そういいながら先生の顔を見て、にっこりと笑う。先生も、

「でしょう。よかったわ」

と声をかけてうれしそうだ。先生とあんなにラフに話せるなんて、アキコには信じられ

なかった。先生には尊敬とある種の畏《おそ》れを感じていたのに、めいちゃんはあんなに気楽に話している。それが驚きでもあり、うらやましくもあった。

「大丈夫。これはおいしいわ。他には何か考えているの」

「ええ、ミネストローネは定番で残しておいて、スープの色をたとえば白、緑、赤というふうに、統一させたらどうかと思って」

「なるほど。カリフラワーとポロネギとか、食材を色で集めるわけね」

ふんふんと先生はうなずいていた。

「でもこの規模のお店だと、あまり手を広げないほうがいいんじゃないの。食材の量が増えると仕入れだって大変でしょう。あなたは仕入れの質は絶対に落とさない人でしょうから、その難しさもあるわね」

先生にほうれん草の話をすると、サラダにはいいかもしれないけれど、この店でスープにするのはどうかしらという返事だった。濃い緑色のスープだったらば、クレソンのほうがいいような気がするけれど、好き嫌いも多いからどうかしらというアドバイスだった。

「そうですね。もう一度、よく考えてみます。私もどこか、変えよう変えようとしてしまって」

「そういう時期ってあるのよ。新しいメニューを考えようって必死になるんじゃなくて、何かの拍子に、ぽっとアイディアが浮かんでくるのだと思うわ。ファミレスみたいにもっと規模が大きかったら、企画担当の人があれこれ考える必要もあるんでしょうけど、ここは個人のお店で、あなたの生き方が反映されるわけでしょう。無理はしないほうがいいわ。でもこのオレンジ色は正解よ」

「ありがとうございます」

アキコと同時にしまちゃんも頭を下げた。アキコにとってはうっとなる、ありがたい言葉の直後、めいちゃんが無邪気に、

「あのう、何か運動なさってました？　しっかりした肩をなさってますね」

としまちゃんに声をかけた。しまちゃんは一瞬、言葉に詰まった。

「え、ええ。ソフトボールをやっていたんです」

「やっぱり。私は野球なんです。今でも毎週、試合をしているんですよ」

「へえ、今でもやってるんですか、すごいですね。私は学校を卒業してから、全然。バッティングセンターには行くんですけれど」

「もったいないです。うちのチームにスカウトしたい」

「いえ、本当に控えの控えみたいなピッチャーだったので」

「ピッチャーは貴重なんですよ。本気で考えてもらえませんか」

明らかに歳下のめいちゃんに、しまちゃんは押されていた。先生によると、調理人にとって手は大事なのだから、球技をやって大丈夫なのかと心配したのだけれど、

「私の体はそんなにヤワじゃありません」

といわれてから、何もいえなくなったそうだ。

「頼もしいですねえ」

アキコが笑いながらめいちゃんの顔を見ると、屈託のない顔で笑っていた。そのすきにしまちゃんはするりと店を出て、アキコが指示しなくてもママの店に行ったのが見えた。そしてしばらくしてコーヒーカップをトレイに乗せて戻ってきた。

「コーヒーをどうぞ」

「このお店ではドリンク類は出さなかったのよね。それなのに、わざわざありがとう」

「やっぱりちゃんとした喫茶店のものは香りが違いますね。香料でごまかしている店もあるけれど」

めいちゃんはそういってブラックのままぐいっと一口飲み、

「ああ、おいしい」

とつぶやいた。

「本当に。体の中にいれるものは、作った人の気持ちが入っているものがうれしいわね」

先生はおっとりといった。

「でもね、先生」

急いで飲んだもので、めいちゃんはコーヒーに少しむせている。

「私、インスタントやレトルト食品って、ばかにしていたんです。でもこの間、テレビを見ていたら、食品会社の人たちが本当に何度も会議や試作を重ねて、ひとつの商品を作り上げるんですよね。みんな一生懸命やっているのを見て、複雑な気持ちになっちゃったんです。がんばってひとつの物を作り上げて、それが大量生産で世の中にあふれるわけです。なかには添加物だらけのものもあるし。努力をしている人たちは立派だなと思うんですけど、やっぱり私は極力、添加物が入っていないものを食べたい。私からすると彼らの努力と結果が見合わないんです。何だかそれが虚しいというか、悲しいような気がしてきて」

「それは仕方がないんじゃないかしら。人それぞれに考え方や志向は違うわけだし。今の世の中では、オーガニックのほうが俄然《がぜん》、少数派なんだから。そういった方たちが開発した食品は、たくさんの人に受け入れられているのだから、それはそれでいいのよ。商売にはターゲットっていうものがあるしね。食べたいものを選んで食べればいいの。めいちゃんは、会社の人たちの一生懸命な態度や努力から、仕事の仕方を学べばいいのよ」

「そうですね。私も自分のお店が持てるようにがんばります」

めいちゃんは何度も自分の言葉にうなずいた。

「どんなお店にしたいんですか」

アキコが尋ねた。

「最初はオーガニック・カフェっていっていたんですけれど、先生から、もうそれは飽和状態になっているから、オーガニックはいいけれど、他の方向を考えたらっていわれました」

「ああ、そうですねえ」

「こちらのお店もオーガニック系ですよね」

「ええ、でも完全ではないですよ。そうではない野菜も使っていますし」

「そうですか。私は完全無農薬にこだわりたいんですよ」

「だから野菜から作るっていっているの。この間も農家に泊まり込みで自主的に研修に行ってきたのよ」

先生は頼もしそうにめいちゃんを見た。

「体力だけは自信があるので、使い減りしないのが取り柄です。農家のおじいちゃんとおばあちゃんには、嫁じゃなくて養女にしたいっていわれました」

「えっ、息子さんは？」

アキコが聞いた。

「息子さんは農業を嫌って、家を出て会社員になったから、もういいんだそうです。なので私が農業従事者として、養女になるという話で……」

「あらー」

「そこの地区でも、人手が足りない家を、あっちこっち手伝っていたら、お世話になっていたご夫婦の機嫌が悪くなっちゃって。『向かいのじいさんが、よもぎ餅でめいちゃんを釣って、畑に連れていった』なんていいはじめたりして。たしかによもぎ餅に釣られたのは事実なんですけど。でも本当においしかったんですよ。きれいな自然の濃い緑色をしていて」

「向かいのおじいさんに、どういうふうに誘われたの」

先生は笑いをこらえている。

「『嬢ちゃん、これ、おいしいよ。ひとつどうだい？　申し訳ないけど、ちょっと畑のお手伝いをしてくれるかなあ』って。私はすぐいただきますって食べて、足りないかいっていわれたので、はいって返事をしたら、もう一個くれて。それで御礼に目一杯、畑で働きました」

しまちゃんも声を出さないように笑っている。

「めいちゃんは、そこの地区では貴重な存在なのね。養女になるより、みんなの共有物として、お役に立つしかないわね」

先生は笑っている。

「そうなんですよね。あたり一帯をお手伝いするっていう感じでしたね。みんなでシェアしてる耕耘機《こううんき》みたいなもんですよ」

コーヒーをまた飲んで、天真爛漫《てんしんらんまん》にめいちゃんはあははと笑った。

アキコは農薬を使わない農業をしている、おじいさんやおばあさんたちが、葉っぱについた虫を、一匹一匹、手で取っているという話を聞いて、気が遠くなった。

「何であんたたちは、こんなにたくさんいるんだっていいたくなるくらい、次から次へと出てくるんです。でも最後はこまめに働いた私の勝利なんですけどね」

化成肥料ではない、有機物を肥料としていれると、野菜を生でかじるとその香りがするから嫌だという人もいて、難しいのだそうだ。

「へえ、なるほどね」

アキコも若いめいちゃんから、いろいろな話を聞いて勉強になった。

四人の時間を守ってくれたかのように、他のお客さんは誰も来なかった。

「ごちそうさま。安心したわ。私がいうことは何もありません」

「ありがとうございます。よかった」

アキコは思わず胸に手を当てた。

「大丈夫って思ってたのよ。その確認に来ただけ」

先生はゆっくりと立ち上がり、お財布も預かっているらしく、めいちゃんが支払いを済ませてくれた。

「今日は本当にありがとうございました」

アキコとしまちゃんはドアの外で二人並んで見送った。

「こちらこそ、どうもありがとう。お邪魔しました」

「ありがとうございましたっ」

めいちゃんは野球部のお辞儀である。

「またお待ちしています」

「はい、近いうちに」

先生とめいちゃんは寄り添って駅のほうに歩いていった。通りを歩く人々の姿、店の呼び込みの声や人々の話し声、笑い声が雑多に聞こえるなかで、四人のまわりだけが真空状態になっているかのようだった。

「先生、お元気でよかったですね」

「安心したわ。立派な秘書さんも付いているし。めいちゃんとしまちゃんが似通ったことをしていたから驚いた」

「はい、私もびっくりしました。でも何となくお互いに匂うらしいです」

「匂う？」

「ええ。社会人になっても、昔ヤンキーだったとか、野球をしてたとか。それ風の匂いがするみたいです」

「へえ、私は何の匂いがするのかな」

聞かれたしまちゃんは、首をかしげてじっとアキコの顔を見ていた。

「アキコさんはやっぱりアキコさんです」

「ええっ、どういう意味？」

「アキコさんはどこにいても、アキコさんなんです。匂いじゃないんです」

「はあ……、なるほど。ふーむ」

「福笑い」と「メガ地蔵」の会話はよくわからないねと自嘲《じちょう》しながら、二人は情けない顔で笑った。

翌日の開店前、アキコが仕込みを済ませて、テーブルを拭《ふ》いていると、スーツを着た、二、三人の男性がママの店の前に立って、建物と建物の間を調べたり、上を見上げたりと、明らかにお茶を飲みにきたのとは違う様子なのが見えた。アキコとしまちゃんが、顔を見合わせていると、そのうち彼らは店の中に入っていった。ドアを開けたとき、三人が一様にお辞儀をしたので、いちおうママさんに悪い影響を及ぼすようなことはなさそうだ。

「どうかしたのかしら」

アキコが手にした台ふき用のクロスをたたむと、花瓶の水を替えていたしまちゃんが、

「あ、ママさんが出てきましたよ」

という。彼女を含めた四人は、店の前であぁだこうだと話し、ママはドアの蝶番《ちょうつがい》のところや店の前の段差のところを指差したりしている。そのたびに彼らは大きくうなずき、いちばん若い男性がＩＣレコーダーらしきもので、自分たちの会話を録音している。

「どうしたんでしょう」

しまちゃんが心配そうな顔をしている。

「検査ではなさそうね」

アキコも気になって見ていると、ママは腕組みをしながらしばらく話していたが、十分ほどして彼らがお辞儀をして立ち去ろうとすると、ママは店の中に彼らを招き入れた。三十分ほどして、彼らはアキコたちにお尻を向けるような格好で、深々とお辞儀をして、商店街の奥のほうに歩いていった。ママがうちの店に来るかなとアキコは思っていたが、来なかった。

「どうしたんでしょうね」

よほど気になったのか、しまちゃんが何度もつぶやく。

「お店も古いしね。もしかしたら具合が悪いところを直すとか、そういうことかもしれないし」

「ああ、そうですね」

しまちゃんはほっとした表情になった。

アキコはテーブルの次に椅子を拭きながら、

「タナカさんっていう方が、何度かお店に来てくださったでしょ」

といった。その日そのときに話そうと考えていたわけではないのに、椅子を拭いているうちに、ぽろっと出てしまった。

「はい」

「しまちゃんが気を利かせて、席をはずしてくれたりしたから……」

「ああ、そうでしたね……」

お互いに出方を探り合っているような状態になってしまって、アキコはちょっと後悔したけれど、ここで、「あ、何でもないの」とはいえず、カミングアウトするしかなかった。

「あのね、タナカさんは私の父のことを教えてくれたの」

「はい」

「私は女手一つで育てられたんだけど、父は亡くなったって聞かされていたのね」

しまちゃんはじっとアキコの目を見つめている。この年齢になってもこんな無垢《むく》な目をしている彼女に、こんな話をしていいのかと躊躇《ちゅうちょ》したが、

「母は不倫で私を産んで、私は非嫡出子《ひちゃくしゅつし》なの。父がすでに亡くなっているのは本当なんだけど、タナカさんも父を知っていて、どういう人かを教えてくれたわけなの」

「そうだったんですか」

しまちゃんはまるで自分のことのように、深刻な顔でうなずいた。アキコは心の中で、

（しまちゃん、ごめんね。やっぱり余計なことをいってしまった）

と謝った。

「タナカさんは悪い人には見えませんでしたけど、こういったら何ですが、おせっかいですよね」

　彼女がきっぱりといい放ったので、緊張していたアキコもつい噴き出してしまった。自分がいえなかったことを、彼女が代弁してくれたからかもしれない。

「ご本人は親切のつもりなのよ」

「そうですか。ただのおせっかいですよ。他人のプライバシーに首を突っ込んで。アキコさんが頼んだのなら別ですが」

　しまちゃんは少し怒っていた。

「でもそのおかげで兄……とおぼしき住職さんと、奥さんとお話ができたの。もちろん私はただの通りすがりとしてお寺にうかがって、たろの話ばかりして事情は話さなかったんだけれど。腹違いだからどうのこうのっていう問題じゃなくて、お話しできてうれしかったわ。楽しかったしとても素敵な方たちだったの」

「そうですか。アキコさんがそうならよかったです」

　しまちゃんは花瓶のバラの花の位置を整えながらにっこり笑った。

「母やたろが亡くなって、天涯孤独になったでしょう。でも半分でも血がつながった人があの場所に住んでいるってわかったら、ほっとしたの。それまではそんな気持ちなんてなかったから。あちらにしたら迷惑な話だと思うけど」

「そんなことはないですよ。アキコさんがお兄さんたちを頼ったりしているわけじゃないんですから」

「そうね、私はそのような立場で生まれてきたのだから、それを受け入れないとね」

しまちゃんはこっくりとうなずいて、アキコの手からクロスを受け取り、店の洗面所できれいに洗ってきてくれた。

その日はふだんよりもお客さんが多く、久しぶりに休める時間はなかった。アキコはあんな話をしてしまって、へたに休み時間があったりすると、しまちゃんに気まずい思いをさせてしまったかもしれないので、よかったと胸をなで下ろした。そろそろ閉店しようかという頃、ママが無表情で店の中をのぞいていた。

(だからそんなふうにしないで、入ってくればいいのに)

アキコが笑いをこらえながらドアを開けると、

「どうも」

と低い声で挨拶をして入って来た。

「今日はお客さんがひっきりなしで、忙しそうだったわね」

「そうなんです。久しぶりに」

「やっぱり波があるわね」

ママさんはぐるりと店の中を見渡した。

「本当にいつも塵《ちり》ひとつないわね。立派、立派」

「母の店は、飾り棚の上の大きな将棋の駒《こま》に、ほこりが溜まってましたけどね」

「そうそう、年季が入っていたからほこりと店の中の油がいっしょくたになって固まっちゃってて、拭いても簡単には取れないいんだよね」

「そうでしたか。すみません」

「でもこの店はきれいで結構」

「ありがとうございます」

「カヨさんの店に来るお客さんは、きれいだとか汚れてるとか、関係なかったのよね。カヨさんは『ああ、今日は働きたくない』なんていったりして、よくスダさんにお給仕させたりしてたわよ。一度、店をのぞいたらお客さんに腰を揉ませててね。その人、カヨさんから『あんた』っていわれて、名前さえ呼んでもらえないの。あとで聞いたらいちばん酒癖が悪い人だったんだって。罪滅ぼしをさせてたんじゃない。カヨさんの店は店主とかお客とか関係ない、全員家族のようなところだったんだね」

その家族のなかに入れなかったのが、自分だったのだなとアキコはしみじみとした。たわいない会話を繰り返しながら、アキコは軽く訴えかけているようなママの顔を見て、

「今日、お店の前で男性とお話ししていましたけど、お店に不具合でもあったんですか」

と聞いてみた。すると、

てきたのだった。

とママは前のめりになって、事情を話してくれた。彼らは店の改装についての話を持ってきたのだった。

「でも断ったの。このままでいくわって。資料はたくさん置いていってくれたけどね」

「そうだったんですか」

「この歳になったら、手は広げないで現状維持か業務縮小がいちばん。欲がある人は上手にチャンスをつかむんだろうけど、私はもう先も見えてるし、のんびりやるわ。じゃあね」

いつものように、いうことだけいって店に戻っていった。

「しまちゃん、今日はこれからどうするの」

店の鍵《かぎ》をかけながら珍しくアキコが聞くと、しまちゃんは、

「えと、えーと、バッティングセンターに行きます」

と少しあわてたように答えた。

「ああそう。ホームラン、たくさん打ってきてね」

「あ、はい、わかりました」

しまちゃんは頭を下げて帰っていった。

新しいスープの開発は遅々として進まず、これまでのスープにかぼちゃのスープを加え

ただけのメニューが続いていた。オクラのお星さまだけではなく、砕いたクルミをトッピングすると、食感に変化が出てよりよくなったような気がする。幼い子供と一緒に来店して、柔らかくなったスープの野菜を子供に食べさせる人も多くなってきた。男性一人でやってくる人もいるし、年配者のグループも足を運んでくれるようになった。アキコはかっちりと固まっていたロープの結び目が、だんだんゆるんできて、ほどけてきたような気がした。しまちゃんはバッティングセンターでがんばりすぎて、腕や腰、肩の張りがある日があるものの、

「プロでもないのに、腕の張りだの何だのって恥ずかしいですね」

といいながら、完璧《かんぺき》に仕事をこなしてくれていた。

余計なことは考えず、このままのんびりやっていこうと、アキコがほっとしていた休みの日の午前中、自宅のチャイムが鳴った。訪れるのはセールスばかりなので、一度は無視していた。しかしもう一度鳴ったので、なるべくフレンドリーではない印象を与える口調で、

「はい」

とインターホンで返事をした。

「アキコさん、ごめんなさい、お休みの日なのに」

しまちゃんだった。

「どうしたの、今開けるから待ってて」

　アキコはあわてて階下に降り、ドアを開けるとそこには蓋がついた大きな手提《てさ》げカゴを抱えたしまちゃんと、その背後にコットンの手提げ袋を持った、素朴を絵に描いたような華奢《きゃしゃ》な青年が立っていた。

「こんにちは。あの、ちょっとうちの近所で大変なことがあって」

　しまちゃんが込み入った話をしそうだったので、ここではゆっくり話もできないからと、二人を自室に招き入れた。

　しまちゃんの話によると、アパートの近くに大きな家があり、六十代の夫婦が住んでいた。その家の奥さんがネコ好きで、室内で十数匹のネコを飼っていたという。ところが三週間ほど前に、奥さんが急に亡くなってしまい、家には夫とネコが残された。ところがネコが玄関の靴の中に粗相をしてしまったのに激怒した彼が、家にいるネコを片っ端から太い棒で叩《たた》いて、追いだしてしまったのだという。

「目撃していた近所の人によると、ずっと家の中にいたネコたちなので、追われて外に出ても、また家に戻ろうとすると、棒で何度も叩いたり突いたりしていたそうです」

　しまちゃんは涙目になっている。ふと見ると青年も目に涙をいっぱい浮かべている。アキコも怒りと悲しさが体の奥から湧《わ》き出てきて、自然と涙が流れてきた。

「ひどいわ。きっとかわいがってくれていた奥さんが急に亡くなって、ネコも悲しかったんでしょう」

「近所のご夫婦が止めに入っても、棒を振り回し続けて。結局、全部のネコを家から追いだしたものですから、近所の人があまりにネコたちがかわいそうだって、避難所となって手分けをして引き取って下さったんです」

「ああ、よかった」

「でも四匹は敷地の中で亡くなってしまって。それも近所の人が遺体を引き取って、自費でお葬式をして供養してくれたようです」

　アキコは怒りのあまり、しばらく言葉も出てこなかった。

「その男、どうしてるの、今」

「それが五日前に亡くなったんです」

　そんなひどいことをして、罰が当たったのだろう。

「それで……なんですけれど」

　しまちゃんと青年が目くばせをして、床に置いた大きなカゴを手に取ろうとした瞬間、

「みゃー」

　と声が聞こえた。

「え、ネコ？」

「……そうなんです」

それまでそこに入っていた気配などまったくなかったのに、まるで狙《ねら》ったように鳴くなんて、なかなかである。蓋を開けると中からのそっと出てきた。

「あーっ、たろちゃんにそっくり。あれ？」

中からもう一匹、たろと同じグレーのキジトラ柄の子が出てきた。二匹とも足が太くて、すでにどすこい系の雰囲気を醸し出している。

「兄弟だそうです。三軒のお宅が世話をしてくださっていたんですけれど、これからずっと全部のネコの面倒を見るのは大変だということで、私も昨日の夜、はじめてこの話を聞いたんです。急で申し訳ないんですが、アキコさんに里親になっていただけないかと……」

しまちゃんと青年は申し訳なさそうな顔をしている。狭いカゴから出してもらったネコたちは、

「あー、狭かった。うーん」

と前足を思いっきり突っ張って伸びをし、次に尻尾を立ててふんふんと部屋の匂いを嗅ぎまくり、飼い主にひどいことをされたのに、それを感じさせないくらい、リラックスしている。

「おいで」

アキコが呼ぶと、

「みゃ」

と鳴いて走り寄り、おでこをアキコの体に何度もすりつけた。するともう一匹も負けじとやってきて、二匹でアキコの体をこすりまくっている。人差し指を出すと二匹が顔を揃えて鼻の穴を広げ、我先にと匂いを嗅ごうとする。

「本当にたろにそっくりだわ」

「二匹とも二歳で、おでこのMの字がくっきりしているほうが、お兄ちゃんだそうです」

避難所の奥さんが、亡くなった奥さんからそう聞いていたという。

「こんなにたろちゃんにそっくりな子にまた出会えるなんてうれしいわ」

ネコたちはまるでこの家で生まれたかのように、アキコの膝《ひざ》の上に乗ろうとし、兄弟で膝の争奪戦をはじめる始末だった。

「はい、二人ともいらっしゃい」

アキコが二匹を膝の上にのせて、両腕でそれぞれを抱き抱えてやると、満足そうに目をつぶっている。

「鼻息の荒さ、ほら、ぐふう、ぐふうっていっているでしょう。これもたろと同じ。鼻の穴が思いっきり広がっているのも」

アキコは二匹の何も考えていない、緊張感のない姿を見て笑ってしまった。

「緊張しなさすぎですよね」

青年がおっとりといった。

「突然で申し訳ないんですけれど、この子たちお願いできませんでしょうか」

しまちゃんと青年は頭を下げた。

「この子たちは、しまちゃんが引き取ってきてくれたんでしょう。しまちゃんはいいの」

「実はうちにも別の避難所から二匹……来たんです」

すでにそのネコたちは、しまちゃんの携帯の待ち受けになっている。三毛と鉢割れの白黒ぶちだ。

「うちは両方とも女の子なんですけど。元気で走り回ってます」

「大家さん許してくれたの？」

「大家さんも『そんなひどい話はない。私もひと役買うよ』って、いちばん歳を取っているネコを引き取ってくれたんです」

「ああ、よかった。じゃあ、この子たちはうちに来てもいい子なのね」

「もちろんです」

しまちゃんと青年の声が揃った。

「あら、すごいわね。シンクロしてる」

アキコがそういうと、二人は耳まで真っ赤になってしまった。なるほどそういうことかと思ったが、それ以上、アキコは突っ込まなかった。

「僕の家に来た子はこの子なんです」

彼も携帯を見せてくれた。どうしたらこんな柄になるのかと不思議に思うくらいの、茶と黒とグレーの迷彩柄だ。

「ずいぶんアバンギャルドな模様ね」

「そうなんです。アートしてて、かっこいいんです」

すでにネコたちは彼らの自慢の子になっていた。

アキコの腕の中で、二匹は完全に眠りはじめた。そして、

「んごー、んごー」

といびきまでかいている。

「すごいですね」

「遠慮というものが皆無ですね」

しまちゃんと彼は、ただ驚いている。

「ネコってそういうものよ。ね」

アキコが声をかけても、ネコたちは気持ちよさそうにいびきをかき、たまに、

「ふ～ん」

と大きな鼻息を出す。

「あなたたちは、たろちゃんの生まれ変わり？　どこまでもそっくりだわ」

急にいなくなってしまったたろが、アキコの悲しみを察して、二倍になって戻ってきてくれたような気がした。

「あのう、お願いできますでしょうか」

おそるおそるたずねるしまちゃんに、アキコは、

「これも縁だものね、うちに来るのが幸せかどうかわからないけど、あまりにたろにそっくりで驚いたわ」

と返事をした。

「ありがとうございます。よかった」

これですべてのネコの落ち着き先が決まったという。

「これ、ささやかですが、持参金といいますか、この子たちの御飯です」

彼が遠慮がちに、手にしていたバッグをアキコの前に置いた。なかには輸入品のドライフードが入っていた。

「あら、贅沢《ぜいたく》ねえ。フランス製の御飯を食べてるの」

アキコが声をかけると、ネコたちが目をつぶったまま、

「ぐふふっふーん」

と鼻息で返事をしたので、三人で笑ってしまった。ネコが同じ空間にいるだけで、どうしてこんなに幸せな気持ちになれるのだろう。この子たちをいじめて追いだした男は許せ

ないけれど、ご近所の人たちに優しい方が多く、保護して面倒を見てくれてよかったと、アキコは心から思った。

「ネコちゃんたちが寝ているので、どうぞそのままで。失礼します」

しまちゃんがそういってくれたので、アキコは膝の上に二匹を乗せたまま、室内から二人を見送った。しまちゃんと彼は恐縮しつつも、ほっとした表情で帰っていった。アキコも、そうか、しまちゃんもそういうふうになっていたのかと、うれしかった。重い荷物をしまちゃんが抱え、軽い袋を彼がおまけの荷物持ちのようにして立っているのがおかしい。きっとどすこいネコを二匹抱えるのに、華奢な彼では不安なので、しまちゃんが、

「私が持つ」

と宣言して抱えて持ってきたに違いない。

たろの写真を見ると、ふだんのどすこい顔はそのままだが、

「ま、よろしく頼むよ」

といっているかのようだった。たろが亡くなって捨ててしまったネコトイレも急いで買わなくては。食器は使わなくなったのを、この子たち用にしよう。その前に名前をつけなくちゃ。避難所のお宅で呼ばれていた名前は何だったのか、聞くのを忘れちゃった。しまちゃんに電話してみようと、アキコは心が浮き立ってきた。たろの写真の上の母は、

「ネコと同じくらい私を大切にしてもらいたいもんだよ」

と呆《あき》れているに違いない。

「これからよろしくね」

アキコは寝ている二匹の頭に、交互に頬《ほお》ずりをした。

「ずぴー」「ずごー」

二匹は鼻息で返事をした。アキコはずっしりとした二匹を両腕で支えながら、いつまでも一気に増えた新しい家族の重さを楽しんでいた。

本書は、二〇一四年十二月に小社より単行本として刊行された作品です。

Haruki Bunko
ハルキ文庫

む 2-6

福《ふく》も来《き》た パンとスープとネコ日和《びより》

著者 群《むれ》 ようこ

2016年7月18日第一刷発行

発行者 角川春樹

発行所 株式会社角川春樹事務所
〒102-0074 東京都千代田区九段南2-1-30 イタリア文化会館

電話 03(3263)5247(編集)
03(3263)5881(営業)

印刷・製本 中央精版印刷株式会社

フォーマット・デザイン 芦澤泰偉
表紙イラストレーション 門坂 流

ISBN978-4-7584-4020-2 C0193 ©2016 Yôko Mure Printed in Japan
http://www.kadokawaharuki.co.jp/[営業]
fanmail@kadokawaharuki.co.jp[編集] ご意見・ご感想をお寄せください。